W0065063

UMBERTO ECO

NullNUMMER

Roman

Aus dem Italienischen
von Burkhart Kroeber

Carl Hanser Verlag

Die Originalausgabe *Numero Zero*
erschien 2015 bei Bompiani in Mailand

Das Hörbuch erscheint zeitgleich bei Der Hörverlag,
gelesen von Felix von Manteuffel

1 2 3 4 5   19 18 17 16 15

ISBN 978-3-446-24939-4
© 2015 RCS Libri S.p.A. – Bompiani Milano
Alle Rechte der deutschen Ausgabe:
© Carl Hanser Verlag München 2015
Umschlag: Peter-Andreas Hassiepen, München
© Medioimages/Thinkstock
Satz im Verlag
Druck und Bindung: CPI – Ebner & Spiegel, Ulm
Printed in Germany

MIX
Papier aus verantwortungs-
vollen Quellen
FSC
www.fsc.org
FSC® C083411

Für Anita

Only connect!
E. M. Forster

I

Heute morgen ist kein Wasser mehr aus dem Hahn gekommen. Plop, plop, zwei Rülpserchen eines Neugeborenen, dann nichts mehr.

Ich habe bei der Nachbarin angeklopft: Bei ihr war alles normal. Sie werden das Handrad zugedreht haben, sagte sie. Ich? Ich weiß nicht mal, wo das ist, ich wohne ja erst seit kurzem hier, das wissen Sie doch, und meist komme ich erst abends nach Hause. Mein Gott, aber wenn Sie für eine Woche verreisen, drehen Sie dann nicht das Gas und das Wasser zu? Ich, nein. Ganz schön leichtsinnig, lassen Sie mich mal rein, ich zeig's Ihnen.

Sie machte den Kasten unter der Spüle auf, drehte an etwas, und da ist das Wasser wiedergekommen. Sehen Sie? Sie haben es zugedreht. Entschuldigung, ich bin so zerstreut. Ach je, ihr Singles! Abgang der Nachbarin, die jetzt auch englisch spricht.

Nerven behalten. Es gibt keine Poltergeister, nur im Film. Und ich bin auch kein Schlafwandler, denn auch als Schlaf-

9

wandler hätte ich nichts von der Existenz dieses Handrads gewusst, sonst hätte ich es auch im Wachzustand benutzt, denn die Dusche tropft und ich laufe ständig Gefahr, die ganze Nacht schlaflos dazuliegen, weil ich andauernd diese Tropfen höre, man kommt sich vor wie Chopin in Valldemossa. Tatsächlich erwache ich oft, stehe auf und schließe die Tür zum Bad und die zwischen Flur und Schlafzimmer, um nicht immerzu dieses verdammte Getropfe zu hören.

Etwas Elektrisches wie ein Kurzschluss oder so kann's nicht gewesen sein (das Handrad wird, wie der Name sagt, mit der Hand gedreht) und auch nicht eine Maus, denn selbst wenn sie hier reingekommen wäre, hätte sie nicht die Kraft gehabt, das Handrad zu drehen. Es ist ein Eisenrad im alten Stil (alles in dieser Wohnung ist mindestens fünfzig Jahre alt), und außerdem ist es verrostet. Also war eine Hand nötig. Eine humanoide. Und ich habe keinen Kamin, durch den der Menschenaffe aus der Rue Morgue hätte reinkommen können.

Überlegen wir mal. Jede Wirkung hat ihre Ursache, heißt es zumindest. Schließen wir ein Wunder aus, ich sehe nicht, warum Gott sich um meine Dusche kümmern sollte, sie ist ja nicht das Rote Meer. Also, für natürliche Wirkung natürliche Ursache. Gestern abend, bevor ich zu Bett ging, habe ich eine Schlaftablette mit einem Glas Wasser genommen. Also hatte es bis zu diesem Moment noch Wasser gegeben. Heute morgen war es nicht mehr da. Also, lieber Watson, ist das Handrad irgendwann in der Nacht zugedreht worden – und nicht von dir. Jemand oder mehrere waren in meiner Wohnung und fürchteten offenbar, ich könnte eher als durch ihre Geräusche (sie waren mucksmäuschenstill) durch das Prélude der Dusche geweckt werden, das sogar ihnen auf die Nerven ging, so dass sie sich wohl schon fragten, wie ich dabei überhaupt schlafen konnte. Deswegen haben sie, schlau wie sie sind, dasselbe gemacht, was auch meine Nachbarin gemacht hätte, nämlich das Wasser zugedreht.

Und dann? Die Bücher stehen alle in der gewohnten Unordnung, die Geheimdienste der halben Welt hätten vorbeikommen und sie Seite für Seite durchblättern können, ohne dass ich etwas bemerkt hätte. Es ist müßig, in die Schubladen zu blicken oder den Schrank im Flur zu öffnen. Wenn sie etwas suchten, bleibt heutzutage nur eins: im Computer nachsehen. Womöglich haben sie, um keine Zeit zu verlieren, einfach alles kopiert und sich damit aus dem Staub gemacht. Und jetzt entdecken sie gerade, während sie ein Dokument nach dem anderen öffnen, dass in meinem Computer nichts war, was sie interessieren könnte.

Was hatten sie denn zu finden gehofft? Es liegt auf der Hand – ich meine, ich sehe keine andere Erklärung –, dass sie etwas suchten, was mit der Zeitung zu tun hat. Sie sind ja nicht dumm, sie werden sich gedacht haben, dass ich mir Notizen gemacht haben musste über alles, was wir in der Redaktion besprachen und planten – und folglich, dass ich, sollte ich etwas über die Sache mit Braggadocio wissen, darüber irgendwo etwas geschrieben haben müsste. Nun, da haben sie sich schon das Richtige gedacht, ich habe alles auf einer Diskette. Natürlich werden sie heute nacht auch das Büro durchsucht haben, aber von meinen Disketten war da nichts zu finden. Also sind sie zu dem Schluss gekommen (aber erst jetzt), dass ich sie womöglich in meiner Jackentasche habe. Was für Idioten sind wir doch, werden sie sich vielleicht gerade sagen, wir hätten seine Jacke durchsuchen sollen. Idioten?

11

Widerlinge! Wenn sie schlau wären, hätte es sie nicht in einen so einen widerlichen Beruf verschlagen.

Jetzt machen sie sich wahrscheinlich gegenseitig Vorwürfe, dabei gelangen sie mindestens bis zum entwendeten Brief, und dann werden sie mich auf der Straße von fingierten Handtaschendieben überfallen lassen. Ich muss mich also beeilen, ehe sie es erneut versuchen, um die Diskette an einen sicheren Ort zu schicken und dann sehen, wann ich sie wiederholen kann. Aber was für Dummheiten kommen mir da in den Kopf, hier hat es doch schon einen Toten gegeben, und Simei ist über alle Berge. Sie brauchen gar nicht mehr zu wissen, ob ich etwas darüber weiß und was. Sie werden mich sicherheitshalber ausschalten, und das war's dann. Ich kann auch nicht hingehen und den Zeitungen erklären, dass ich von dieser Sache nichts wusste, denn durch das bloße Darüberreden würde ich ja schon zu erkennen geben, *dass* ich davon etwas wusste.

Wie bin ich in dieses Schlamassel geraten? Ich glaube, schuld daran ist Professor Di Samis und die Tatsache, dass ich deutsch kann.

Wie komme ich jetzt auf Di Samis, das ist doch Jahrzehnte her? Es liegt wohl daran, dass ich immer gedacht hatte, Di Samis sei schuld daran gewesen, dass ich nie meinen Doktor gemacht habe, und dass ich jetzt in dieser Verwicklung gelandet bin, liegt genau daran, dass ich nie meinen Doktor gemacht habe. Übrigens hat mich Anna nach zwei Jahren Ehe verlassen, weil ihr klar wurde, dass ich, wie sie wortwörtlich sagte, ein geborener Verlierer sei – wer weiß, was ich ihr vorher alles erzählt hatte, um gut dazustehen.

Dass ich meinen Doktor nie gemacht hatte, lag daran, dass ich deutsch konnte. Meine Großmutter stammte aus Südtirol und hatte es mir im frühen Kindesalter beigebracht. Seit meinem ersten Jahr an der Uni hatte ich mich, um mein Studium zu finanzieren, als Übersetzer aus dem Deutschen verdingt. Wer damals deutsch konnte, hatte damit quasi schon einen Beruf. Man las und übersetzte Bücher, die andere nicht verstanden (aber die damals als wichtig galten), und man wurde dafür besser bezahlt als die Übersetzer aus dem Französischen und sogar aus dem Englischen. Heute geschieht dasselbe, glaube ich, mit denen, die aus dem Russischen oder Chinesischen übersetzen können. Für mich galt jedenfalls damals, entweder du übersetzt oder du machst deinen Doktor, beides gleichzeitig geht nicht. Denn übersetzen heißt nun einmal zu Hause am Schreibtisch sitzen, im Warmen oder im Kalten, und in Hausschuhen arbeiten und dabei auch noch einen Haufen Sachen lernen. Wozu dann noch Vorlesungen an der Uni hören?

Aus Bequemlichkeit hatte ich beschlossen, mich für einen Deutschkurs einzuschreiben. Da bräuchte ich nicht viel Neues zu lernen, sagte ich mir, wo ich doch schon fast alles wusste. Der große Star war damals Professor Di Samis, der sich etwas geschaffen hatte, was die Studenten seinen *Adlerhorst* nannten, in einem baufälligen Barockpalast, in dem man eine breite Treppe hinaufging, um in einem großen Saal anzukommen. Auf der einen Seite öffnete sich das Institut von Di Samis, auf der anderen die *Aula Magna*, wie Di Samis sie pompös nannte, ein Hörsaal mit etwa fünfzig Plätzen.

Betreten durfte man das Institut nur in Pantoffeln. Am Eingang gab es genügend davon für die Assistenten und für zwei oder drei Studenten. Wer keine mehr vorfand, wartete draußen, bis er an die Reihe kam. Alles war gewachst und gebohnert, ich glaube auch die Bücher an den Wänden. Auch die Gesichter der Assistenten, lauter uralte Menschen, die seit prähistorischen Zeiten auf die Berufung zum Lehramt warteten.

Die Aula hatte ein sehr hohes Gewölbe und gotische Fenster (ich habe nie verstanden wieso, in einem Barockpalast) mit grünen Scheiben. Pünktlich zur angegebenen Zeit, das heißt vierzehn Minuten nach der vollen Stunde, verließ Professor Di Samis das Institut, gefolgt in einem Meter Abstand von seinem ältesten Assistenten und in zwei Meter Abstand von den jüngeren, den unter fünfzigjährigen. Der älteste Assistent trug ihm die Bücher, die jüngeren das Tonbandgerät – die Tonbandgeräte waren damals am Ende der fünfziger Jahre noch riesige Dinger, fast wie ein Rolls Royce.

Di Samis durchschritt die zehn Meter, die sein Institut von der Aula trennten, als wären es zwanzig: Er folgte nicht einer geraden Linie, sondern einer gebogenen, ich weiß nicht, ob es eine Parabel oder eine Elipse war, und sagte dabei mit lauter Stimme: »Da bin ich, da bin ich!« Dann trat er in die Aula und setzte sich auf eine Art geschnitztes Podium – man erwartete, dass er anhob mit »Nennt mich Ismael.«

Das durch die grünen Scheiben einfallende Licht ließ sein Gesicht wie das einer Leiche erscheinen, wozu er maliziös lächelte, während seine Assistenten das Tonbandgerät einschalteten. Dann hob er an:»Im Gegensatz zu dem, was kürzlich mein geschätzter Kollege Professor Bocardo gesagt hat ...«, und so weiter zwei Stunden lang.

Dieses grüne Licht ließ mich in schummrige Schläfrigkeiten

verfallen, dasselbe sagten auch die Augen der Assistenten. Ich kannte ihre Leiden. Am Ende der zwei Stunden, während wir Studenten hinausströmten, ließ Professor Di Samis das Band zurücklaufen, stieg von seinem Podium herab, setzte sich demokratisch in die erste Reihe zu seinen Assistenten, und alle zusammen hörten sich die zweistündige Vorlesung noch einmal an, wobei der Professor bei jeder Passage, die ihm wesentlich schien, zustimmend nickte. Und wohlgemerkt, das Thema war Luthers Übersetzung der Bibel ins Deutsche. Eine Sucht, sagten meine Kommilitonen mit ergebenem Blick.

Am Ende des zweiten Jahres, in dem ich nur selten gekommen war, hatte ich es gewagt, ihn um die Betreuung einer Doktorarbeit über die Ironie bei Heine zu bitten (ich fand es tröstlich, wie Heine das Thema unglückliche Liebe mit dem, wie mir schien, gebotenen Zynismus behandelt – ich bereitete mich auf meine eigenen Liebeserfahrungen vor). »Ihr jungen Burschen, ihr jungen Burschen«, hatte Di Samis betrübt gesagt, »ihr stürzt euch immer gleich auf die Zeitgenossen ...«

Wie durch eine Erleuchtung begriff ich, dass die Dissertation bei Di Samis damit erledigt war. Also dachte ich an Professor Ferio, der um einiges jünger war, den Ruf einer funkelnden Intelligenz genoss und sich mit der Romantik und ihrer Umgebung beschäftigte. Doch die älteren Kommilitonen gaben mir zu bedenken, dass ich bei einer Dissertation in jedem Fall Di Samis als zweiten Berichterstatter haben würde und dass ich bei Ferio nicht offiziell anfragen dürfe, weil Di Samis es dann sofort erfahren und mich auf ewig hassen würde. Ich solle es hintenrum angehen, damit es am Ende so aussähe, als hätte Ferio mich gebeten, die Dissertation bei ihm zu machen, dann würde Di Samis auf ihn böse sein und nicht auf mich. Di Samis hasste Ferio, aus dem einfachen Grund, dass er ihn zum Professor befördert hatte. An der Universität laufen die Dinge (damals jedenfalls, aber ich glaube, auch heute noch) umgekehrt wie in der normalen Welt, nicht die Söhne hassen die Väter, sondern die Väter die Söhne.

Also überlegte ich mir, ich könnte Ferio vielleicht wie zufällig am Rande eines der monatlichen Vortragsabende ansprechen, die Di Samis in seiner Aula Magna veranstaltete und die meist gut besucht waren, weil es ihm immer gelang, berühmte Kollegen einzuladen.

Aber die Sache verlief dann so: Gleich nach dem Vortrag begann die Debatte, und sie wurde von den Dozenten monopolisiert, danach gingen alle hinaus, weil der Redner ins Restaurant La Tartaruga eingeladen war, das beste der Gegend, Stil Mitte neunzehntes Jahrhundert, mit Kellnern im Frack. Um vom Adlerhorst dorthin zu gelangen, musste man erst eine große Straße mit Arkaden entlanggehen, dann einen historischen Platz überqueren, um die Ecke eines monumentalen Palasts biegen und schließlich noch einen kleinen Platz überqueren. Nun, und unter den Arkaden ging der Redner umgeben von den Ordinarien, ein Meter dahinter die außerordentlichen Professoren, zwei Meter dahinter die Assistenten und in gebührendem Abstand die mutigsten Studenten. Als sie den historischen Platz erreichten, verdrückten sich die Studenten, an der Ecke des monumentalen Palastes verabschiedeten sich die Assistenten, die a. o. Professoren überquerten den kleinen Platz, empfahlen sich jedoch vor der Tür des Restaurants, das nur der Gast und die Ordinarien betraten.

So hat Professor Ferio nie von meiner Existenz erfahren. Inzwischen hatte ich mich vom akademischen Ambiente abgewandt und keine Vorlesungen mehr besucht. Ich übersetzte wie ein Automat, aber als Übersetzer muss man nehmen, was man kriegt, und so übersetzte ich in mein trautes Italienisch unter anderem ein dreibändiges Werk über die Rolle von Friedrich List bei der Gründung des Deutschen Zollvereins. Man versteht vielleicht, warum ich dann aufgehört habe, aus dem Deutschen zu übersetzen, aber nun war es zu spät, um zurück an die Uni zu gehen.

Das Dumme ist, dass man es nicht hinnehmen will: Du lebst weiter in der Überzeugung, dass du eines Tages alle Examen bestehst und deinen Doktor machst. Und wer sein Leben mit unerfüllbaren Träumen verbringt, ist eben ein geborener Verlierer. Und wenn dir das dann irgendwann klar wird, gibst du auf und lässt dich gehen.

Am Anfang hatte ich noch eine Arbeit als Tutor eines deutschen Schülers gefunden, der zu dumm für die Schule war, im Engadin. Bestes Klima, akzeptable Einsamkeit, und so hielt ich ein Jahr lang durch, denn die Bezahlung war gut. Dann hat die Mutter des Knaben mich eines Tages im Flur bedrängt und mir zu verstehen gegeben, dass ihr ein näheres Tête-à-tête (mit mir) nicht missfallen würde. Sie hatte vorstehende Zähne und einen Anflug von Schnurrbart, ich gab ihr höflich zu verstehen, dass ich kein Interesse hätte. Drei Tage später war ich entlassen, weil der Junge keine Fortschritte machte.

Von da an habe ich mich als Schreiberling verdingt. Ich wollte für Zeitungen schreiben, aber ich fand nur Gehör bei einem lokalen Blatt, für das ich solche Sachen wie Theaterkritiken über Darbietungen auf Provinzbühnen und von Tourneegruppen schreiben durfte. Ich hatte noch Zeit genug, für ein paar Kröten auch das Vorprogramm zu rezensieren, nicht ohne zwischen den Kulissen auf Tänzerinnen zu spähen, die als Minarette verkleidet waren, mich von ihrer Zellulitis faszinieren zu lassen und sie hinterher in die Milchbar zu begleiten, zum Essen mit einem Caffelatte oder, wenn sie nicht gut bei Kasse waren, zu einem Spiegelei. Dort machte ich meine ersten sexuellen Erfahrungen mit einer Sängerin, im Tausch gegen eine lobende Rezension – für eine Zeitung in Saluzzo, aber ihr genügte es.

Ich war heimatlos, ich lebte in verschiedenen Städten (nach Mailand bin ich erst durch Simei gekommen), ich habe Fahnenkorrekturen für mindestens drei Verlage gelesen (akademische, nie große Publikumsverlage), für einen habe ich die Artikel eines Lexikons revidiert (es galt, die Jahreszahlen, die Titel der Werke und so weiter zu überprüfen), lauter Arbeiten, durch die ich mir das erworben habe, was der Komiker Paolo Villaggio einmal eine monströse Bildung genannt hat. Die Verlierer haben, wie die Autodidakten, stets ein viel größeres Wissen als die Sieger, wenn du siegen willst, musst du eins und nur dieses eine wissen und darfst keine Zeit damit verlieren, auch noch alles andere zu lernen, das Vergnügen der Gelehrtheit ist den Verlierern vorbehalten. Je mehr Dinge einer weiß, desto mehr sind die Dinge bei ihm nicht zum Besten gelaufen.

Ein paar Jahre lang habe ich mich damit vergnügt, Manuskripte zu lesen, die mir von Verlagen (manchmal auch von großen) zur Begutachtung gegeben wurden, denn bei denen hat niemand Lust, unverlangt eingesandte Manuskripte zu lesen. Ich bekam dafür fünftausend Lire pro Manuskript, ich lag den ganzen Tag auf dem Bett und las wie wild, dann verfasste ich ein zweiseitiges Gutachten, in dem ich mein Bestes an Sarkasmus gab, um den unvorsichtigen Autor niederzumachen, im Verlag waren alle erleichtert, schrieben dem Unbedachten, sie müssten sein Werk leider ablehnen, und so weiter. Manuskripte zu lesen, die nie veröffentlicht werden, kann ein Beruf werden.

In der Zwischenzeit war die Geschichte mit Anna gewesen, die so geendet hatte, wie sie enden musste. Seitdem war es mir nicht mehr gelungen (oder ich hatte nicht mehr ernstlich danach gestrebt), mit Interesse an eine Frau zu denken, denn ich hatte Angst, noch einmal zu scheitern. Für den Sex hatte ich therapeutisch gesorgt, ein paar zufällige Abenteuer, bei denen man nicht befürchten muss, sich zu verlieben, eine Nacht und vorbei, danke, war nett gewesen, und ab und zu ein Verhältnis gegen Bezahlung, um nicht vom Verlangen gequält zu werden (die Tänzerinnen hatten mich immun gegen Zellulitis gemacht).

Derweilen träumte ich, was alle Verlierer träumen: eines Tages ein Buch zu schreiben, das mir Ruhm und Reichtum einbringen würde. Um zu lernen, wie man ein großer Schriftsteller wird, habe ich sogar den »Neger« gemacht (den Ghostwriter, wie man heute sagt, um politisch korrekt zu sein), für einen Krimiautor, der seinerseits aus Marketinggründen unter einem amerikanischen Namen auftrat, wie die Akteure der Spaghetti-Western. Aber ich fand es war schön, im Schatten zu arbeiten, hinter zwei Vorhängen (dem des Anderen und dem des anderen Namens des Anderen).

Krimis für einen anderen zu schreiben war leicht, man brauchte bloß den Stil von Chandler zu imitieren oder schlimmstenfalls den von Micky Spillane; aber als ich versuchte, etwas Eigenes zu verfassen, wurde mir bewusst, dass ich, um jemanden oder etwas zu beschreiben, stets auf literarische Situationen verwies: Ich war nicht imstande zu schreiben, dass jemand einen Spaziergang an einem frischen und klaren Nachmittag macht, ich schrieb stattdessen »unter einem Himmel wie von Canaletto«. Später entdeckte ich dann, dass auch D'Annunzio so vorging: Um auszudrücken, dass eine gewisse Costanza Landbrook einige Qualitäten hatte, schrieb er, sie erscheine wie ein Geschöpf von Thomas Lawrence, zu Elena Muti bemerkte er, ihre Züge erinnerten an gewisse Profile des jungen Moreau, und Andrea Sperelli ähnele dem Porträt des unbekannten Adligen in der Galleria Borghese. Um einen solchen Roman zu lesen, müsste man also hingehen und die Lieferungen einer der Kunstgeschichten durchblättern, die es an den Zeitungskiosken zu kaufen gibt.

Wenn D'Annunzio ein schlechter Schriftsteller war, muss ich nicht auch einer sein. Um mich vom Laster des Zitats zu befreien, beschloss ich, nicht mehr zu schreiben.

Kurz und gut, es war kein großes Leben gewesen. Und als ich geschlagene fünfzig war, erreichte mich die Einladung von Simei. Warum sollte ich sie ablehnen? Es konnte nichts schaden, auch das einmal zu probieren.

Was mache ich jetzt? Wenn ich die Nase rausstrecke, droht mir Gefahr. Ich bleibe lieber hier drinnen, womöglich stehen sie draußen und warten, dass ich ausgehe. Ich gehe nicht aus. In der Küche habe ich ein paar Päckchen Cracker und zwei Dosen Corned Beef. Von gestern abend ist mir auch eine halbe Flasche Whisky geblieben. Das kann helfen, ein bis zwei Tage zu überstehen. Ich gieße mir zwei Schlückchen ein (und dann vielleicht noch zwei Schlückchen, aber erst am Nachmittag, denn schon morgens zu trinken macht blöde) und versuche, mir den Anfang dieses Abenteuers zu vergegenwärtigen, wozu ich gar nicht nach der Diskette zu greifen brauche, denn ich erinnere mich, zumindest bisher, noch sehr gut an alles.

Die Angst zu sterben belebt die Erinnerung.

II

Montag, 6. April 1992

Simei hatte das Gesicht eines anderen. Ich meine, ich kann mich nie an den Namen von Leuten erinnern, die Rossi, Brambilla oder Colombo heißen, oder sogar Mazzini oder Manzoni, weil sie den Namen von anderen haben, ich weiß nur noch, dass sie eben den Namen von anderen hatten. Gut, und bei Simei konnte ich mich nicht an sein Gesicht erinnern, weil es mir vorkam wie das eines anderen. Er hatte wirklich ein Allerweltsgesicht.

»Ein Buch?«, fragte ich ihn.

»Ein Buch. Die Erinnerungen eines Journalisten, sein Bericht über ein Jahr Arbeit am Aufbau einer Zeitung, die niemals erschienen sein wird. Im übrigen sollte sie ja auch *Domani* heißen, ›Morgen‹, was wie ein Motto unserer heutigen Regierungen klingt, morgen reden wir nochmal drüber. Darum wird das Buch auch den Titel *Domani: ieri* haben, ›Morgen: gestern‹. Schön, nicht wahr?«

»Und Sie wollen, dass ich es schreibe? Warum schreiben Sie es nicht selber? Sie sind doch Journalist, oder? Jedenfalls wenn es stimmt, dass Sie Chefredakteur einer neuen Zeitung sein wollen …«

»Es ist nicht gesagt, dass Chefredakteure von Zeitungen auch schreiben können. Es ist nicht gesagt, dass Verteidigungsminister wissen, wie man eine Handgranate wirft. Natürlich sollen Sie während des ganzen kommenden Jahres dem Buch, dessen Inhalt wir Tag für Tag diskutieren, den Stil und die Würze geben, aber die großen Linien bestimme ich.«

»Wollen Sie damit sagen, das Buch erscheint unter unser beider Namen oder als ein großes Interview, das ich mit Ihnen führe, also Colonna mit Simei?«

»Nein, nein, lieber Colonna, das Buch erscheint unter meinem Namen, Sie sollen es nur schreiben und dann verschwinden. Sie werden, bitte verstehen Sie das nicht als Beleidigung, ein *Neger* sein, so wie Alexandre Dumas welche hatte, ich sehe nicht ein, warum nicht auch ich einen haben soll.«

»Und wieso haben Sie gerade mich gewählt?«

»Weil Sie schriftstellerische Qualitäten haben …«

»Danke.«

»… aber es niemand bisher gemerkt hat.«

»Danke nochmals.«

»Entschuldigen Sie, aber bisher haben Sie nur für Provinzzeitungen gearbeitet, haben kulturelle Kleinarbeit für ein paar Verlage geleistet, haben für jemand anders einen Roman geschrieben – fragen Sie nicht, wie es kam, aber er ist mir in die Hände gefallen, und ich fand, dass er funktioniert, er hat Rhythmus –, und mit fünfzig sind Sie sofort zu mir gelaufen gekommen, als ich Ihnen schrieb, ich hätte vielleicht eine Arbeit für Sie. Also, Sie können schreiben und wissen, was ein Buch ist, aber finanziell geht es Ihnen nicht gut. Sie müssen sich dafür nicht schämen. Auch ich kenne das. Wenn ich mich anschicke, eine Zeitung zu leiten, die niemals erscheinen soll, dann weil ich nie Kandidat für den Pulitzerpreis gewesen bin, ich habe bisher nur eine wöchentliche Sportzeitung geleitet und ein Monatsmagazin allein für Männer oder für Männer, die allein sind, Sie verstehen …«

»Ich könnte noch einen Rest von Würde haben und nein sagen.«

»Das werden Sie nicht tun, weil ich Ihnen ein ganzes Jahr lang monatlich sechs Millionen anbiete, schwarz.«

»Das ist viel für einen gescheiterten Schriftsteller. Und dann?«

»Und dann, wenn Sie mir das fertige Buch übergeben, sagen wir sechs Monate nach Abschluss des Experiments, noch einmal zehn Millionen bar auf die Hand. Und die zahle ich aus eigener Tasche.«

»Und dann?«

»Das ist dann Ihre Sache. Wenn Sie nicht alles für Frauen, Pferde und Champagner ausgeben, haben Sie in anderthalb Jahren mehr als achtzig Millionen Lire steuerfrei verdient. Sie können sich in aller Ruhe nach etwas Neuem umsehen.«

»Wie soll ich das verstehen? Wenn Sie mir sechs Millionen zahlen und, pardon, wer weiß wieviel selber nehmen, und dann sind da ja auch noch die anderen Redakteure und die Kosten für Produktion und Druck und Vertrieb, und Sie sagen mir, dass jemand, ein Verleger, nehme ich an, bereit ist, dieses ganze Experiment ein Jahr lang zu bezahlen, um dann am Ende nichts damit zu machen?«

»Ich habe nicht gesagt, dass er nichts damit machen wird. Er wird schon seinen Gewinn davon haben. Aber ich nicht, wenn die Zeitung dann nicht erscheint. Natürlich kann ich nicht ausschließen, dass der Verleger am Ende beschließt, die Zeitung doch erscheinen zu lassen, aber dann wird die Sache ernst, und ich frage mich, ob er dann noch will, dass ich der Chef sein soll. Also bereite ich mich darauf vor, dass der Verleger am Ende dieses Jahres entscheidet, dass unser Experiment die erwarteten Früchte gezeitigt hat und dass er den Laden schließen kann. Und so sieht meine Vorbereitung aus: Wenn alles vorbei und der Laden geschlossen ist, veröffentliche ich das Buch. Es wird wie eine Bombe einschlagen und mir ein Vermögen einbringen. Oder aber, nur so als Hypothese, jemand will nicht, dass ich es veröffentliche, und zahlt mir ein hübsches Sümmchen, steuerfrei.«

»Verstehe. Aber wenn Sie wollen, dass ich loyal mitarbeite, sollten Sie mir vielleicht sagen, wer das alles bezahlt, warum das Projekt *Domani* existiert, warum es vielleicht scheitern wird und was Sie darüber in dem Buch sagen werden, das, Bescheidenheit beiseite, ich geschrieben haben werde.«

»Also, bezahlen tut das alles der Commendatore Vimercate. Sie werden von ihm gehört haben …«

»Ja sicher, Vimercate steht ja immer wieder mal in der Zeitung. Er kontrolliert Dutzende von Hotels an der adriatischen Küste, viele Altersheime für Rentner und Invaliden, eine Reihe diverser Geschäfte, über die viel gemunkelt wird, einige lokale TV-Stationen, die abends um elf zu senden anfangen und nur Versteigerungen, Verkaufsshows und ein paar Nuditäten bringen …«

»Und an die zwanzig Magazine.«

»Unbedeutende Sachen, wie mir scheint, Klatschblättchen über Prominente wie *Peeping Tom* oder *Die da oben* und Wochenblätter über Gerichtsprozesse wie *Das illustrierte Delikt*, *Was dahinter steckt*, solches Zeug, Trash.«

»Nein, das stimmt nicht, da gibt es auch Fachblätter und Spartenzeitschriften, über Gartenbau, Reisen, Autos, Segelboote, *Der Arzt im Hause*. Ein Medien-Imperium. Ist doch schön hier, diese Büroetage, oder? Wir haben sogar einen Ficus wie die großen Tiere der RAI. Und wir haben einen *Open Space*, wie man in Amerika sagt, für die Redakteure, ein Arbeitszimmer für Sie, klein aber fein, und einen Archivraum. Alles gratis in diesem Gebäude, in dem auch die Firmen des Commendatore residieren. Der Rest, die Produktion und der Druck der Nullnummern, wird vom technischen Apparat der anderen Zeitschriften besorgt, so dass die Kosten des Experiments überschaubar bleiben. Außerdem sind wir hier praktisch im Zentrum der Stadt, nicht weit draußen wie die großen Zeitungen, für die man zwei U-Bahnen und einen Bus nehmen muss, um sie zu erreichen.«

»Aber was erwartet sich der Commendatore von diesem Experiment?«

»Der Commendatore will in den feinen Salon der Finanzwelt, der Banken und vielleicht auch der großen Zeitungen. Die Eintrittskarte ist das Versprechen einer neuen Zeitung, die keine Scheu hat, die ganze Wahrheit zu sagen.

Zwölf Nullnummern, jeden Monat eine, also 0/1, 0/2, 0/3 und so weiter, in sehr kleiner Zahl gedruckt für den Commendatore, der dann entscheidet, wer sie zu sehen bekommt. Wenn er einmal bewiesen hat, dass er den sogenannten feinen Salon der Finanzwelt und Politik in Schwierigkeiten zu bringen vermag, ist anzunehmen, dass dieser feine Salon ihn bittet, die Idee mit dieser Zeitung aufzugeben, er verzichtet auf *Domani* und erhält dafür die Erlaubnis, in den feinen Club einzutreten. Kosten tut ihn das, grob geschätzt, vielleicht zwei Prozent des Aktienwertes einer großen Tageszeitung, einer Bank, eines wichtigen TV-Senders.«

Ich stieß einen Pfiff aus: »Hui, zwei Prozent, das ist aber viel! Hat er genug Geld für solch ein Unternehmen?«

»Spielen Sie nicht den Naivling. Wir sprechen hier von Investitionen, nicht vom Kommerz. Erst kauft man was, dann schaut man, ob die erhofften Gelder eintrudeln und die Bilanzen stimmen.«

»Verstehe. Und jetzt verstehe ich auch, dass dieses ganze Experiment nur funktionieren kann, wenn der Commendatore nicht verrät, dass die Zeitung am Ende gar nicht erscheinen wird. Alle sollen denken, dass seine Rotationsmaschinen stampfen, um es mal so zu sagen ...«

»Natürlich. Dass die Zeitung nicht erscheinen wird, hat der Commendatore nicht einmal mir gesagt, ich habe es nur vermutet und bin mir inzwischen sicher. Aber auch unsere Mitarbeiter, die wir morgen treffen werden, dürfen das nicht erfahren, denn die sollen bei ihrer Arbeit glauben, sie bauten sich eine Zukunft auf. Was wir hier besprechen, muss unter uns bleiben.«

»Aber was wird mit Ihnen passieren, wenn Sie all das beschreiben, was Sie ein Jahr lang getan haben, um die Erpressung des Commendatore zu fördern?«

»Sprechen Sie nicht von Erpressung. Wir bringen Nachrichten, ›All the news that's fit to print‹, wie es im Motto der *New York Times* heißt.«

»… und manchmal auch etwas mehr …«

»Ich sehe, Sie verstehen mich. Ob der Commendatore dann unsere Nullnummern benutzt, um jemanden zu erschrecken oder um sich den Hintern damit abzuwischen, ist seine Sache, nicht unsere. Aber der springende Punkt ist, dass in meinem Buch nicht berichtet werden soll, was wir in unseren Redaktionssitzungen beschlossen haben, denn dazu hätte ich Sie nicht gebraucht, da hätte ein Tonbandgerät genügt. Das Buch soll die Idee einer anderen Art von Zeitung beschwören, es soll zeigen, wie ich mich ein Jahr lang bemüht habe, ein Beispiel für unabhängigen Journalismus zu geben, unabhängig von jeder Art von Pression, wobei ich durchblicken lasse, dass mein Bemühen nur deshalb gescheitert ist, weil es nicht möglich war, einer freien Stimme Raum zu verschaffen. Deswegen brauche ich Ihre Mitarbeit, Sie müssen mir helfen, ich baue darauf, dass Sie mir etwas erfinden, etwas idealisieren, mir eine Epopoe schreiben, ich weiß nicht, ob ich mich richtig ausdrücke …«

»Das Buch wird das Gegenteil dessen besagen, was geschehen ist. Na prima. Aber Sie werden bloßgestellt.«

»Von wem? Vom Commendatore, der dann ja sagen müsste, dass es nicht so war, dass das Projekt nur auf eine Erpressung abzielte? Da lässt er doch lieber alle denken, dass er nachgeben musste, weil auch er unter Druck gesetzt worden war, dass er die Zeitung lieber hat sterben lassen als sie zu einem fremdbestimmten Organ zu machen. Und werden unsere Redakteure bloßgestellt sein, die ich im Buch als integre Journalisten dargestellt habe? Ich sage Ihnen, mein Buch wird ein Bestseller werden, dem niemand widersprechen will oder kann.«

»Nun gut, da wir beide Männer ohne Eigenschaften sind, entschuldigen Sie die Anspielung, willige ich ein.«

»Es freut mich immer, wenn ich mit loyalen Personen zu tun habe, die aus ihrem Herzen keine Mördergrube machen.«

III

Erste Begegnung mit den Redakteuren. Sechs an der Zahl, das schien zu genügen.

Simei hatte mir ja schon erklärt, dass ich nicht in der Gegend herumlaufen müsse, um irgendwelche Recherchen zu machen, sondern in der Redaktion bleiben sollte, um alles zu registrieren, was dort geschehen würde. Und so begann er nun, um meine Gegenwart zu rechtfertigen, mit den Worten: »Meine Herrschaften, machen wir erst mal eine Vorstellungsrunde. Dies ist Doktor Colonna, ein Mann mit großer journalistischer Erfahrung. Er wird an meiner Seite arbeiten, und darum werden wir ihn Direktionsassistent nennen. Seine Hauptaufgabe wird sein, alle Ihre Artikel zu redigieren. Jeder von Ihnen kommt aus einer anderen Erfahrung, und es ist eine Sache, bei einem Blatt der extremen Linken mitgearbeitet zu haben, und eine andere, seine Erfahrung bei Publikationen wie, sagen wir, *Stimme der Kloake* gesammelt zu haben, und da wir hier, wie Sie sehen, spartanisch wenige sind, wird, wer bisher hauptsächlich Todesanzeigen verfasst hat, nun vielleicht einen Hintergrundartikel über die Regierungskrise schreiben müssen. Es geht also darum, unseren Stil zu vereinheitlichen, und sollte jemand eine Schwäche für Ausdrücke wie *Palingenese* haben, wird Colonna ihm sagen, dass sowas nicht geht, und einen anderen Terminus vorschlagen.«

»Eine echte moralische Renaissance«, warf ich ein.

»Genau. Und wenn jemand, um eine dramatische Situation zu bezeichnen, die Redewendung vom Auge des Zyklons benutzt, in dem wir uns angeblich befinden, dann wird Doktor Colonna, so nehme ich an, ihn freundlichst darauf hinweisen, dass allen wissenschaftlichen Nachschlagewerken zufolge das Auge des Zyklons der einzige Ort ist, wo Ruhe herrscht, während der Zyklon sich ringsherum austobt.«

»Nein, Doktor Simei«, widersprach ich, »in diesem Fall werde ich sagen, dass hier genau das Klischee vom Auge des Zyklons hingehört, denn es spielt keine Rolle, was die Wissenschaftler sagen, das wissen die Leser ja sowieso nicht, und es ist genau dieses Klischee, das in ihnen die Vorstellung weckt, sich mitten im schlimmsten Chaos zu befinden. So haben die Medien es ihnen beigebracht. Ebenso wie sie sie davon überzeugt haben, dass man *Kónsens* und *kónkret und kómmunal* sagt, obwohl es richtig *Konséns* und *konkrét und kommunál* heißt.«

»Ausgezeichnet, Doktor Colonna, wir müssen die Sprache der normalen Leser sprechen, nicht die der Intellektuellen, die uns immer sagen wollen, wo's langgeht. Andererseits hat unser Verleger, glaube ich, einmal gesagt, die Zuschauer seiner Fernsehprogramme hätten im Durchschnitt das Geistesniveau von Zwölfjährigen. Das kann man von unseren Lesern nicht sagen, aber es ist immer nützlich, sich klarzumachen, in welchem Alter die eigenen Leser sind, und für unsere würde ich sagen: Sie haben die Fünfzig hinter sich, sind gute, ehrenwerte Bürger, die Wert auf Gesetz und Ordnung legen, aber sie sind begierig auf Klatsch und Enthüllungen über diverse Formen von Unordnung. Gehen wir davon aus, dass sie nicht das sind, was man starke Leser nennt, im Gegenteil, viele von ihnen haben kein einziges Buch im Hause, obwohl sie, wenn nötig, gern über den großen Roman sprechen, der millionenfach in alle Welt verkauft worden ist. Unser Durchschnittsleser liest keine Bücher, aber er stellt sich gerne vor, dass es große, exzentrische und millionenschwere Künstler gibt – so wie er nie eine Diva mit langen Beinen aus der Nähe sehen wird, aber trotzdem alles über ihre geheimen Liebesgeschichten wissen will. Doch genug davon, auch die anderen sollen sich jetzt vorstellen. Jeder sich selbst. Fangen wir mit der einzigen Frau in unserer Runde an. Bitte sehr, Signorina – oder Signora …«

»Maia Fresia. Ledig, alleinstehend oder Single, wie Sie wollen. Achtundzwanzig Jahre, fast promoviert in Philologie, aber ich musste das Studium aus familiären Gründen abbrechen. Fünf Jahre Mitarbeit an einem Klatschblatt, für das ich mich in der Welt der Promis und Showstars herumtreiben musste, um herauszufinden, wer mit wem ein Verhältnis hat, und dann eine Gelegenheit für die Fotografen zu organisieren. Meistens musste ich eine Schauspielerin oder Sängerin überreden, sich eine Liebschaft mit jemandem zu erfinden, und dann die beiden zum Treffen mit den Paparazzi bringen, vor denen sie ein paar Schritte Hand in Hand gingen oder sich sogar ein flüchtiges Küsschen gaben. Anfangs hat mir die Sache noch Spaß gemacht, aber jetzt hab ich es satt, Lügenmärchen zu erzählen.«

»Und warum, liebe charmante Kollegin, haben Sie sich entschlossen, bei unserem Abenteuer mitzumachen?«

»Ich nehme an, in einer Tageszeitung geht es um ernsthaftere Dinge und ich werde Gelegenheit haben, mir einen Namen zu machen mit Recherchen, bei denen es nicht bloß um heimliche prominente Liebschaften geht. Ich bin neugierig und glaube, ich könnte ein guter Spürhund sein.«

Sie war zierlich und sprach mit verhaltenem Feuer.

»Sehr gut. Und Sie?«

»Romano Braggadocio ...«

»Komischer Name, woher kommen Sie?«

»Tja, sehen Sie, das ist eine der vielen Folterqualen meines Lebens. Im Englischen scheint der Name irgendwas Blödes zu bedeuten, zum Glück aber nicht in den anderen Sprachen. Mein Großvater war ein Findelkind, und bekanntlich wurden in solchen Fällen die Nachnamen von einem Standesbeamten erfunden. Wenn der Standesbeamte ein Sadist war, konnte er einem auch Namen wie Grünspan oder Kanalgeruch verpassen, im Falle meines Großvaters war der Beamte nur zur Hälfte Sadist und hatte eine gewisse Bildung ... Was mich betrifft, ich bin spezialisiert auf die Enthüllung von Skandalen und habe genau zu diesem Zweck für eine Zeitschrift unseres Verlegers namens ›Was dahintersteckt‹ gearbeitet. Aber ich war nie fest angestellt, ich wurde nach gelieferten Texten bezahlt.«

Was die vier anderen betraf: Cambria hatte seine Nächte in Notaufnahmezentren oder Polizeikommissariaten verbracht, um die neuesten Nachrichten zu erhaschen, Verhaftungen, Tod durch spektakuläre Unfälle auf der Autobahn und dergleichen, aber viel Erfolg hatte er dabei nicht gehabt; Lucidi flößte auf den ersten Blick Misstrauen ein, und die Namen der Publikationen, für die er gearbeitet haben wollte, hatte keiner von uns je gehört; Palatino war lange bei diversen Wochenblättern für Spiele und Rätsel tätig gewesen; Costanza hatte in einigen Zeitungen als Korrektor gearbeitet, aber inzwischen waren die Zeitungen immer dicker geworden, niemand konnte das alles mehr gegenlesen, bevor es zum Satz ging, auch große Zeitungen schrieben jetzt Simone de *Beauvoire* oder *Beaudelaire* oder Präsident *Rooswelt*, und der Korrektor wurde so unzeitgemäß wie die Druckerpresse von Gutenberg. Keiner meiner sechs neuen Weggefährten hatte irgendwie tolle Berufserfahrungen gemacht. Eine Brücke von San Luis Rey. Wie und wo Simei sie aufgetrieben hatte, weiß ich nicht.

Nach der Vorstellungsrunde beschrieb uns Simei die Charaktermerkmale der Zeitung.

»Also, wir werden eine Zeitung machen, und die soll *Domani* heißen, also ›Morgen‹. Warum? Weil herkömmliche Zeitungen die Nachrichten vom Abend zuvor brachten und leider immer noch bringen, darum heißen sie

Corriere della Sera, Evening Standard, Le Soir oder *Abend-blatt*. Nun haben wir aber die Nachrichten vom Abend zuvor schon morgens im Frühstücksfernsehen gehört, so dass die Zeitungen immer nur das bringen, was man schon weiß, und deshalb verkaufen sie sich immer schlechter. In *Domani* werden diese Nachrichten, die inzwischen stinken wie tote Fische, natürlich auch kurz zusammengefasst zum Nachlesen stehen, aber dafür genügt eine Spalte, die man in wenigen Minuten gelesen hat.«

»Und was soll die Zeitung dann bringen?«, fragte Cambria.

»Nun, heutzutage ist es das Los einer Tageszeitung, immer mehr einer Wochenzeitung zu ähneln. Wir werden das behandeln, was morgen geschehen könnte, in Hintergrundartikeln, Beilagen zu besonderen Themen, überraschenden Vorwegnahmen ... Ich gebe Ihnen ein Beispiel: Um vier Uhr nachmittags explodiert eine Bombe, und am nächsten Tag wissen es alle. Also müssen wir von vier Uhr nachmittags bis Mitternacht, bevor wir in Druck gehen, jemanden gefunden haben, der etwas Unerhörtes über die möglichen Täter oder Hintermänner sagt, etwas, das selbst die Polizei noch nicht weiß, und müssen ein Szenario dessen skizzieren, was in den Wochen nach dem Attentat geschehen könnte ...«

Braggadocio wandte ein: »Aber um Recherchen dieser Art in acht Stunden hinzukriegen, bräuchten wir eine mindestens zehnmal größere Redaktion als diese hier und ein riesiges Netz von Kontakten, Informanten und was weiß ich ...«

»Richtig, und wenn unsere Zeitung dann wirklich er-

scheint, wird es auch so sein müssen. Aber jetzt, ein Jahr
vor dem Start, müssen wir nur beweisen, dass so etwas
geht. Und es geht, denn eine Nullnummer kann als Datum haben, was sie will, und kann sehr gut ein Beispiel
dafür geben, wie die Zeitung vor Monaten ausgesehen
haben könnte, sagen wir, an dem Tag nach dem Bombenattentat. In diesem Fall wissen wir schon, was in der Zeit
danach geschehen ist, aber wir sprechen davon, als ob die
Leser es noch nicht wüssten. Dadurch bekommen alle unsere Indiskretionen einen Hauch von Überraschendem,
von Unerhörtem, ja ich würde sagen, von Orakelhaftem.
Mit anderen Worten, wir müssen unserem Auftraggeber
sagen: So hätte *Domani* ausgesehen, wenn es gestern erschienen wäre. Verstehen Sie? Und sogar wenn niemand jemals eine Bombe geworfen hätte, könnten wir
sehr gut eine Nummer machen, *als ob* es geschehen
wäre.«

»Oder die Bombe selber werfen, wenn's uns in den
Kram passt«, warf Braggadocio grinsend ein.

»Lassen Sie solche Dummheiten«, tadelte ihn Simei.
Dann, als hätte er sich's überlegt: »Und wenn Sie es wirklich tun wollten, sagen Sie's mir nicht.«

Nach der Sitzung ergab es sich, dass Braggadocio mit mir
im Fahrstuhl hinunterfuhr. »Sind wir uns nicht schon mal
begegnet«, fragte er mich. Mir schien es nicht so, er sagte
na gut, mit leicht misstrauischer Miene, und bot mir sofort das Du an. In der Redaktion hatte Simei gerade das
Siezen eingeführt, und ich halte gewöhnlich Distanz, als
wollte ich sagen, wir sind noch nie zusammen im Bett

gewesen, aber Braggadocio bestand offensichtlich auf dem unter Kollegen üblichen Du. Ich wollte nicht wie einer erscheinen, der sich etwas darauf einbildet, dass Simei ihn als eine Art Chefredakteur präsentiert hatte. Außerdem interessierte mich der Typ, und ich hatte gerade nichts Besseres zu tun.

Er fasste mich am Arm und sagte, wir sollten noch etwas trinken gehen an einem Ort, den er kenne. Dabei lächelte er mit seinen wulstigen Lippen und seinen leicht kuhartigen Augen auf eine Weise, die mir hässlich vorkam. Kahl wie von Stroheim, der halslose Nacken direkt auf der Schulter, aber mit einem Gesicht wie Teddy Savalas als Lieutenant Kojak. Da haben wir's, immer diese Zitate.

»Hübsch, diese Maia, nicht?«

Es war mir peinlich zu gestehen, dass ich sie nur flüchtig angesehen hatte, sagte ich, der ich mich von den Frauen fernhalte. Er fasste mich erneut am Arm: »Spiel nicht den Edelmann. Ich hab dich gesehen, du hast sie angeschaut, ohne dass man's dir anmerken sollte. Für mich ist sie eine, die zu uns passt. In Wahrheit passen sie alle zu uns, man muss sie nur richtig zu nehmen wissen. Ein bisschen zu mager für meinen Geschmack, und Titten hat sie so gut wie keine, aber alles in allem könnte sie angehen.«

Wir waren in der Via Torino angelangt, und auf der Höhe einer Kirche lenkte er mich rechts in eine schmale, schlecht beleuchtete Gasse ohne Läden und mit Türen, die seit wer weiß wann geschlossen waren, als wäre sie schon seit langem verlassen worden. Ein leicht ranziger Geruch schien von ihr auszugehen, aber vielleicht bildete ich mir das nur ein wegen der abgeblätterten und mit verblassten Graffiti übersäten Wände. Oben stieg Rauch aus einem Abzugsrohr auf, und man verstand nicht recht, woher er kam, denn auch die oberen Fenster waren fest verschlossen, als ob dort niemand mehr wohnte. Vielleicht gehörte das Abzugsrohr zu einem Haus, das man von einer Parallelstraße aus betrat, und niemanden kümmerte es, wenn eine verlassene Straße verräuchert wurde.

»Das ist die Via Bagnera, die engste Straße in Mailand, auch wenn sie nicht ganz so eng ist wie die Rue du Chat-qui-pèche in Paris, durch die man zu zweit kaum nebeneinander gehen kann. Sie heißt jetzt Via Bagnera, aber früher hieß sie Stretta Bagnera, und noch früher Stretta Bagnaria, ›Bäder-Engpass‹, weil es hier ein paar öffentliche Bäder aus der Römerzeit gab.«

In diesem Augenblick tauchte an der Ecke eine junge Frau mit einem Sportkinderwagen auf. »Gedankenlos oder schlecht informiert«, kommentierte Braggadocio. »Wenn ich eine Frau wäre, würde ich hier nicht durchgehen, schon gar nicht im Dunklen. Man könnte in Nullkommanix ein Messer zwischen die Rippen kriegen. Wär' schade um die Kleine, sieht ja nicht übel aus. Typisch Mammilein, das nichts dagegen hat, sich rasch mal vom Klempner bumsen zu lassen, schau doch, schau, wie sie sich in den Hüften wiegt. Hier sind schlimme Sachen passiert, Bluttaten. Hinter diesen jetzt verriegelten Türen muss es noch verlassene Keller geben und vielleicht auch geheime Durchgänge. Hier hat im 19. Jahrhundert ein gewisser Antonio Boggia, ein Typ ohne Hirn und Verstand, einen Buchhalter unter dem Vorwand, es müssten Konten geprüft werden, in eins dieser Kellergeschosse gelockt und ihn mit einer Axt angegriffen. Der Ärmste konnte sich retten, Boggia wurde verhaftet, für verrückt erklärt und zwei Jahre in ein Irrenhaus weggesperrt. Aber kaum war er wieder frei, fing er gleich wieder an, Jagd auf gutgläubige vermögende Leute zu machen, sie in seinen Keller zu locken, sie auszurauben, zu töten und an Ort und Stelle zu vergraben. Ein Serienkiller, würde man heute sagen, aber ein unkluger Serienkiller, denn er hinterließ Spuren seiner Geschäftsbeziehungen zu den Opfern, und so wurde er schließlich gefasst. Die Polizei grub im Keller und fand fünf oder sechs Leichen, woraufhin Boggia zum Tode verurteilt und vor der Porta Ludovica aufgehängt wurde. Sein Kopf wurde dem anatomischen Kabinett des Ospedale Maggiore vermacht – es war die Zeit des Anatomen Lombroso, der in den Schädeln und Gesichtszügen von Verbrechern nach Zeichen ihres ererbten Verbrechertums suchte. Später wurde dieser Kopf dann, heißt es, in Musocco begraben, doch wer weiß, solche Fundstücke waren stets kostbares Material für Okkultisten und Satanisten aller Art … Noch heute liegt die Erinnerung an Boggia hier in der Luft, man kommt sich vor wie im London von Jack the Ripper, ich würde ungern die Nacht hier verbringen, aber der Ort hat was. Ich komme oft hierher, und manchmal treffe ich mich hier zu gewissen Verabredungen.«

Am anderen Ende der schmalen Via Bagnera gelangten wir auf die Piazza Mentana, und Braggadocio ließ mich in eine Via Morigi einbiegen, die ebenfalls ziemlich düster war, aber ein paar kleine Läden und schöne Haustüren hatte. Wir gelangten zu einer Freifläche mit einem großen Parkplatz, der von Ruinen umgeben war. »Schau«, sagte Braggadocio, »das da links sind noch römische Reste, es weiß ja fast niemand mehr, dass Mailand auch mal eine Hauptstadt des Römischen Reiches war. Daher lässt man diese Reste hier unberührt stehen, auch wenn sich niemand mehr um sie schert. Aber das da hinter dem Parkplatz, das sind noch zerbombte Häuser aus dem Zweiten Weltkrieg.«

Die zerbombten Häuser hatten nicht die altehrwürdige Ruhe der antiken Reste, die sich mit dem Tod ausgesöhnt haben, sondern blickten düster aus ihren unversöhnten Fensterhöhlen wie Leprakranke.

»Ich weiß nicht recht, warum niemand versucht hat, das hier wiederaufzubauen«, sagte Braggadocio. »Vielleicht steht es unter Denkmalschutz, vielleicht ist der Parkplatz für die Besitzer lukrativer als der Bau von Mietshäusern. Aber warum lässt man die Spuren der Bombardements stehen? Mir macht dieser freie Platz mehr Angst als die Via Bagnera, aber er ist schön, weil er mir zeigt, wie Mailand nach dem Krieg war, es gibt ja in dieser Stadt nicht mehr viele Stellen, die noch daran erinnern, wie Mailand vor fast fünfzig Jahren aussah. Und dies ist das Mailand, das ich wiederzufinden versuche, das Mailand meiner Kindheit und Jugend, ich war neun Jahre alt, als der Krieg zu Ende ging, manchmal glaube ich, nachts noch die Bomben zu hören. Aber nicht alles ist hier bloß noch Ruine, sieh mal dort, am Eingang zur Via Morigi, den Turm aus dem 17. Jahrhundert, den haben nicht mal die

Bomben umgeworfen. Und darunter, komm, da gibt es seit Anfang dieses Jahrhunderts noch die Taverna Moriggi, frag mich nicht, warum die Taverne ein *g* mehr im Namen hat als die Straße, es muss ein Fehler der Stadtverwaltung gewesen sein, als sie die Namensschilder anbrachten, die Taverne ist älter und hat also wohl eher recht.«

Wir traten in einen Raum mit roten Wänden, einer bröckelnden Decke, von der eine schmiedeeiserne Lampe hing, einem Hirschkopf mit Geweih über der Theke, Hunderten staubiger Weinflaschen an den Wänden und blanken Holztischen – es war noch nicht Essenszeit, erklärte mir Braggadocio, deshalb waren sie noch ohne Tischtücher, später würden welche mit roten Quadraten aufgelegt, und zum Essen müsse man die handbeschriebene Tafel studieren wie in französischen Tavernen. An den Tischen saßen Studenten, ein paar Leute, die aussahen wie das Personal der alten Bohème, mit langen Haaren, aber nicht wie die Achtundsechziger, sondern wie jene Dichter, die einst Hüte mit breiter Krempe und Krawatten mit Lavallièreknoten trugen, und dazu ein paar muntere, leicht überdrehte Alte, bei denen man nicht wusste, ob sie schon seit Beginn des Jahrhunderts hier saßen oder ob die neuen Besitzer sie als Komparsen angeheuert hatten. Wir pickten uns etwas Käse und Wurst von einer Platte und tranken einen wirklich guten Merlot.

»Schön hier, nicht?«, sagte Braggadocio. »Wirkt ein bisschen wie aus der Zeit gefallen.«

»Aber was reizt dich so an diesem Mailand, das es nicht mehr geben dürfte?«

»Ich sagte dir doch, ich möchte das sehen können, was ich kaum noch in Erinnerung habe, das Mailand meines Großvaters und meines Vaters.«

Er trank genüsslich, seine Augen begannen ein bisschen zu glitzern, er wischte mit einer Papierserviette einen Rotweinkreis weg, der sich auf dem alten Holztisch gebildet hatte.

»Ich habe eine hässliche Familiengeschichte. Mein Großvater war ein Bonze des unseligen Regimes, wie man es zu nennen pflegt. Und am 25. April 1945, als er abzuhauen versuchte, hatte ein Partisan ihn wiedererkannt, nicht weit von hier, in der Via Capuccio. Sie haben ihn gepackt und auf der Stelle erschossen, gleich dort an der Ecke. Mein Vater hat erst später davon erfahren, denn er hatte sich 1943, treu den Ideen des Großvaters, zur Decima Mas gemeldet, war dann in Salò gefangengenommen und für ein Jahr ins Konzentrationslager Coltano geschickt worden. Er war mit einem blauen Auge davongekommen, man hatte keine wirklich handfesten Anklagepunkte gegen ihn gefunden, und dann hatte ja Togliatti schon 1946 der allgemeinen Amnestie zugestimmt, ein Paradox der Geschichte, die Faschisten rehabilitiert durch die Kommunisten, aber vielleicht hatte Togliatti ja recht, es galt um jeden Preis zur Normalität zurückzukehren. Allerdings bestand die Normalität darin, dass mein Vater mit seiner Vergangenheit und mit dem Schatten seines Vaters keine Arbeit fand und von meiner Mutter miternährt werden musste, die Schneiderin war. So ließ er sich allmählich immer mehr gehen und fing an zu trinken, ich habe von ihm nur ein Gesicht voller roter Äderchen und wässrigen

Augen in Erinnerung, während er mir von seinen Obsessionen erzählte. Er versuchte nicht, den Faschismus zu rechtfertigen (er hatte inzwischen keine Ideale mehr), aber er sagte, die Antifaschisten hätten viele Schauergeschichten erzählt, um den Faschismus zu verurteilen. Er glaubte nicht an die sechs Millionen vergasten Juden in den Lagern. Ich meine, er war nicht einer von denen, die heute noch behaupten, es habe den Holocaust gar nicht gegeben, aber er traute den Erzählungen der Befreier nicht. Lauter total übertriebene Augenzeugenberichte, sagte er zu mir, ich habe gelesen, dass es nach Aussage einiger Überlebender mitten in einem Lager Berge von Kleidern der Umgebrachten gegeben habe, die über hundert Meter hoch gewesen seien. Hundert Meter? Überleg mal, sagte er zu mir, ein hundert Meter hoher Haufen, der sich ja pyramidenförmig erheben müsste, der müsste ja eine Basis haben, die umfangreicher wäre als die Fläche des Lagers!«

»Naja, er hat eben nicht bedacht, dass jemand, der etwas Schreckliches erlebt hat, wenn er es später schildert, ganz natürlich zu Übertreibungen neigt. Du wirst Zeuge eines Unfalls auf der Autobahn und erzählst, die Leichen hätten in einem Meer von Blut gelegen, aber damit willst du ja die Leute nicht glauben machen, da sei wirklich so etwas Großes wie das Mittelmeer gewesen, du willst ihnen einfach nur bildlich klarmachen, dass da viel Blut gewesen war. Versetz dich in die Lage dessen, der sich eine der schlimmsten Erfahrung seines Lebens in Erinnerung ruft …«

»Das leugne ich gar nicht, mein Vater hat mich daran

gewöhnt, die Nachrichten nicht für reines Gold zu nehmen. Die Zeitungen lügen, die Historiker lügen, heute lügt das Fernsehen. Hast du nicht voriges Jahr, während des Golfkriegs, in den Abendnachrichten diesen ölverschmierten Kormoran gesehen, der im Persischen Golf mit dem Tode rang? Später kam raus, dass es in jener Jahreszeit gar keine Kormorane im Persischen Golf geben konnte und die Bilder acht Jahre vorher gemacht worden waren, zur Zeit des Krieges zwischen Iran und Irak. Oder, wie andere sagten, sie waren von Kormoranen im Zoo gemacht worden, die man mit Öl übergossen hatte. Und genauso müssen sie es auch mit den Verbrechen der Faschisten gemacht haben. Denk jetzt nicht, ich wäre noch von den Ideen meines Vaters oder meines Großvaters infiziert, ich will auch nicht behaupten, die Juden seien gar nicht vergast worden. Übrigens sind einige meiner besten Freunde Juden. Aber ich glaube inzwischen gar nichts mehr. Sind die Amerikaner wirklich auf dem Mond gelandet? Es ist nicht unmöglich, dass sie alles in einem Studio aufgenommen haben, wenn du die Schatten der Astronauten nach der Landung beobachtest, sind sie nicht glaubwürdig. Und hat der Golfkrieg wirklich stattgefunden, oder haben sie uns nur Teile von alten Kriegsfilmen vorgeführt? Ich sage dir, wir leben mit der Lüge, und wenn du weißt, dass sie dich belügen, musst du mit dem Argwohn leben. Ich argwöhne, ich argwöhne immerzu. Das einzig Wahre, über das ich vertrauenswürdige Aussagen haben kann, ist dieses Mailand von vor Jahrzehnten. Die Bombardements hat es wirklich gegeben, und gemacht haben sie übrigens die Briten oder die Amerikaner.«

»Und was ist dann aus deinem Vater geworden?«

»Er ist an Alkoholvergiftung gestorben, als ich dreizehn war. Um mich von dieser Erinnerung zu befreien, habe ich dann als Erwachsener versucht, mich ins Gegenteil zu stürzen. 1968 war ich schon über dreißig, aber ich ließ mir die Haare wachsen, trug Parka und T-Shirt und schloss mich einer Maoistenkommune an. Später habe ich dann entdeckt, dass Mao mehr Menschen als Stalin und Hitler zusammen auf dem Gewissen hatte, und als wäre das noch nicht genug, dass die europäischen Maoisten vielleicht von Provokateuren der Geheimdienste unterwandert waren. Da habe ich beschlossen, nur noch als Enthüllungsjournalist auf der Suche nach Komplotten zu arbeiten. So konnte ich es später vermeiden, mich von den Roten Brigaden – und ich hatte gefährliche Freundschaften – vereinnahmen zu lassen. Ich hatte jede Gewissheit verloren, außer der, dass wir immer jemanden hinter uns haben, der uns betrügen will.«

»Und jetzt?«

»Jetzt habe ich, wenn diese Zeitung startet, vielleicht einen Platz gefunden, an dem gewisse Entdeckungen, die ich gemacht habe, endlich ernst genommen werden … Ich sitze gerade an einer Geschichte, die … Aus der könnte jenseits unserer Zeitung auch ein Buch werden … Und dann … Aber genug für heute, reden wir wieder davon, wenn ich die Fakten beisammen habe … Allerdings müsste es schnell gehen, ich bräuchte Geld. Die paar Kröten, die uns Simei zahlt, sind ja ganz nett, aber das reicht nicht.«

»Zum Leben?«

»Nein, um mir ein Auto zu kaufen. Natürlich würde ich

es auf Raten kaufen, aber auch die müssen ja bezahlt werden. Und ich müsste es bald haben, ich brauche es für meine Recherchen.«

»Entschuldige, wie soll ich das verstehen: Du sagst, du willst mit deinen Recherchen Geld verdienen, um dir ein Auto zu kaufen, aber du brauchst das Auto, um die Recherchen zu machen?«

»Um vieles zu rekonstruieren, muss ich viel rumfahren, verschiedene Orte besuchen und Leute interviewen. Ohne Auto und mit der Pflicht, jeden Tag in die Redaktion zu kommen, müsste ich alles nur im und aus dem Gedächtnis rekonstruieren, also allein mit dem Kopf arbeiten. Und wenn das nur das einzige Problem wäre.«

»Was ist denn das wahre Problem?«

»Sieh mal, ich bin ja nicht einer, der sich nicht entschließen kann, aber um zu kapieren, was los ist, muss man alle Daten kombinieren. Ein Fakt allein sagt gar nichts, alle zusammen lassen dich begreifen, was auf den ersten Blick nicht zu erkennen ist. Man muss besonders auf das achten, was einem die anderen verbergen wollen.«

»Sprichst du von deiner Recherche?«

»Nein, ich spreche von der Wahl des Autos.«

Er machte mit einem in Wein getunkten Finger eine Reihe von Punkten auf dem Holztisch, als wollte er etwas umreißen, so wie man in den Wochenblättern für Rätsel eine Reihe von Punkten verbinden muss, damit sich eine Figur ergibt.

»Der Wagen muss schnell sein und eine gewisse Klasse haben, ich suche kein bloßes Nutzfahrzeug, und für mich gibt's nur Frontantrieb oder gar nichts. Ich dachte an einen

Lancia Thema Turbo 16v, das ist einer der teuersten, fast sechzig Millionen Lire. Ich könnte es ja mal versuchen, Höchstgeschwindigkeit 235 km/h und Beschleunigung von null auf hundert in 7,2 Sekunden. Das ist fast das Maximum.«

»Ziemlich teuer.«

»Nicht nur das, man muss auch herausfinden, was sie einem verheimlichen wollen. Wenn die Autowerbung nicht lügt, dann schweigt sie. Man muss die technischen Angaben in den Spezialpublikationen durchforsten, dann entdeckt man zum Beispiel, dass der Wagen 1,83 Meter breit ist.«

»Ist das nicht gut?«

»Du achtest nicht weiter drauf, in den Werbetexten geben sie immer die Länge an, die ist sicher wichtig fürs Einparken oder auch fürs Prestige, aber nur selten nennen sie einem die Breite, dabei ist die fundamental, wenn du eine kleine Garage hast oder einen noch engeren Stellplatz, geschweige denn wenn du wie ein Verrückter herumfährst, um einen freien Platz am Straßenrand zu finden. Man muss schauen, dass man einen Wagen unter 1,70 Breite kriegt.«

»Wenn es denn so einen gibt …«

»Sicher gibt es so einen, aber in einem Wagen von unter 1,70 Breite sitzt man beengt, wenn jemand neben dir sitzt, hast du nicht genug Platz für den rechten Ellenbogen. Und dann fehlen auch all die Bequemlichkeiten, die breite Wagen bieten, in denen viele Hebel und Knöpfe mit der rechten Hand bedient werden, nahe dem Schalthebel.«

»Also was?«

»Man muss darauf achten, dass das Armaturenbrett reich genug ausgestattet ist und dass es auch Armaturen am Lenkrad gibt, damit das Gefuchtel mit der rechten Hand überflüssig wird. So bin ich auf den Saab 900 Turbo gekommen, 1,68 breit, 230 km/h Höchstgeschwindigkeit und preislich unter fünfzig Millionen.«

»Das ist dein Wagen!«

»Ja, aber nur ganz versteckt sagen sie dir, dass er eine Beschleunigung von null auf hundert in 8,5 Sekunden hat, während das Ideal mindestens sieben ist, wie beim Rover 220 Turbo, vierzig Millionen, 1,68 breit, 235 km/h Höchstgeschwindigkeit und Beschleunigung auf hundert in 6,6 Sekunden, ein Bolide.«

»Dann fällt deine Wahl also jetzt auf den …«

»Nein, denn erst ganz am Ende der Beschreibung enthüllen sie dir, dass er nur 1,36 Meter hoch ist. Zu niedrig für einen korpulenten Menschen wie mich, ein Wagen für Kleinwüchsige, die sportlich sein wollen, während der Lancia 1,43 hat und der Saab noch einen Zentimeter mehr, so dass man erhobenen Hauptes einsteigen kann. Und als wäre das noch nicht genug: Wenn du kleinwüchsig bist, liest du nicht die technischen Daten, die wie die Gegenindikationen auf den Beipackzetteln der Medikamente sind: in kleinstmöglicher Schrift gedruckt, so dass dir der Hinweis entgeht, dass du am nächsten Tag stirbst, wenn du es einnimmst. Der Rover 220 wiegt nur 1185 Kilo. Das ist zu wenig, wenn du mit einem Lastzug kollidierst, zerdrückt er dich wie nix, man muss sich nach schwereren Wagen umsehen, nach solchen mit Stahlverstärkungen, ich meine nicht den Volvo, der ein echter Panzer ist, aber zu langsam, sondern den Rover 820ti, um die fünfzig Millionen, 230 km/h und 1420 Kilo schwer.«

»Aber ich nehme an, den hast du ausgeschieden, weil er ...«, warf ich nun ebenfalls paranoisch ein.

»Weil er eine Beschleunigung von 8,2 Sekunden hat, das ist eine Schnecke, kein Sprinter. So wie der Mercedes C280, der 1,72 Meter breit ist, ganze siebenundsechzig Millionen kostet und eine Beschleunigung von 8,8 hat. Und dann musst du auch noch fünf Monate lang warten, bis er dir geliefert wird. Auch das ist übrigens ein Datum, das man berücksichtigen muss, denn bei einigen der Modelle, die ich dir genannt habe, muss man zwei Monate warten, und andere sind sofort verfügbar. Warum sofort verfügbar? Weil niemand sie haben will. Da ist Argwohn angebracht. Wie es aussieht, ist der Calibra Turbo 16v sofort zu haben, 245 km/h, Vierradantrieb, Beschleunigung 6,8 Sekunden, Breite 1,69 und das für wenig mehr als fünfzig Millionen.«

»Hervorragend, würde ich sagen.«

»Eben nicht, denn er wiegt bloß 1135 Kilo, das ist zu leicht, und die Höhe ist bloß 1,32, schlechter als alle anderen, der ist nur was für wohlhabende, aber zwergwüchsige Kunden. Und wenn nur dies die Probleme wären. Nimm bloß mal den Kofferraum. Am größten ist er beim Thema 16v Turbo, aber der ist auch 1,75 breit. Bei den schmaleren bin ich auf den Dedra 2.0 LX gestoßen, der hat einen passablen Kofferaum, aber bloß eine Beschleunigung von 9,4, und er wiegt nur etwas mehr als 1200 Kilo und schafft nur 210 km/h.«

»Und was nun?«

»Tja, nun weiß ich nicht, was ich machen soll. Ich habe den Kopf voll von meinen Recherchen und verbringe die Nacht mit Autovergleichen.«

»Aber du kennst sie doch alle schon auswendig.«

»Ich habe mir Tabellen angelegt, aber das Dumme ist, ich habe diese Tabellen auswendig gelernt, und das ist nicht zu ertragen. Ich fange schon an zu denken, die Autos wären extra dazu konstruiert, dass ich sie vergleiche.«

»Ist das nicht ein bisschen übertrieben als Argwohn?«

»Argwohn ist nie übertrieben. Argwöhnen, du musst immer argwöhnen, nur so findest du die Wahrheit. Ist es nicht das, was uns die Wissenschaft lehrt?«

»Sie lehrt es, und sie tut es.«

»Unsinn, auch die Wissenschaft lügt. Denk nur an die Geschichte mit der kalten Kernfusion. Monatelang haben sie uns belogen, und dann ist herausgekommen, dass alles nur Wunschdenken war.«

»Aber es *ist* herausgekommen, man hat es entdeckt.«

»Wer? Das Pentagon, das damit vielleicht etwas Peinliches verdecken wollte. Vielleicht hatten die Entdecker der kalten Fusion ja recht und die Lügner waren die, die sie als Lügner bezichtigten.«

»Du magst recht haben, was das Pentagon und die CIA betrifft, aber ich würde nicht sagen, dass alle Auto- und Motorzeitschriften von den Geheimdiensten der im Hintergrund lauernden Demoplutojudäokratie abhängig sind«. Ich wollte ihn zum gesunden Menschenverstand zurückführen.

»Ach ja?«, sagte er mit einem bitteren Lächeln. »Auch

die sind mit der amerikanischen Großindustrie verbunden – und mit den Sieben Schwestern des Mineralöls, die bekanntlich den armen Enrico Mattei ermordet haben, was mir noch egal sein könnte, aber sie waren es auch, die meinen armen Großvater haben erschießen lassen, indem sie die Partisanen finanzierten. Siehst du, wie alles mit allem zusammenhängt?«

Aber nun fingen die Kellner an, die Tischtücher aufzulegen, und gaben uns zu verstehen, dass es für Gäste, die bloß zwei Gläschen trinken wollten, Zeit zum Gehen war.

»Früher konnte man hier mit zwei Gläschen bis zwei Uhr nachts bleiben«, seufzte Braggadocio, »aber heute starren auch die hier alle bloß auf die Kunden mit Geld. Womöglich machen sie eines Tages hieraus eine Disko mit stroboskopischen Lichtern. Noch ist das alles hier wahr und echt, verstehen wir uns richtig, aber es riecht schon so, als wäre es falsch. Stell dir vor, die Inhaber dieser Mailänder Osteria sind seit langem Toskaner, wie sie mir selber gesagt haben. Nicht dass ich was gegen Toskaner hätte, das sind sicher auch brave Leute, aber ich erinnere mich, wie ich als Kind hörte, wenn wir von einem Mädchen aus unserem Bekanntenkreis sprachen, das eine hässliche Ehe geschlossen hatte, wie einer unserer Cousins maliziös sagte: Man sollte eine Mauer um Florenz hochziehen. Und meine Mutter kommentierte: Um Florenz? Schon um Bologna!«

Während wir auf die Rechnung warteten, fragte Braggadocio mich leise, beinahe flüsternd: »Könntest du mir was leihen? Ich geb's dir in zwei Monaten zurück.«

»Ich? Ich bin doch genauso blank wie du.«

»Schon gut. Ich weiß ja nicht, was dir Simei zahlt und habe auch kein Recht, das zu wissen. War ja nur eine Frage. Jedenfalls bezahlst du doch die Rechnung, oder?«

So habe ich Braggadocio kennengelernt.

IV

Mittwoch, 8. April

Am nächsten Tag fand die erste richtige Redaktionssitzung statt. »Jetzt machen wir unsere Zeitung«, begann Simei, »die Nummer vom 18. Februar dieses Jahres.«

»Wieso vom 18. Februar«, fragte Cambria, der sich in der Folge dadurch auszeichnen sollte, dass er immer die dümmsten Fragen stellte.

»Weil am 17. Februar dieses Jahres Mario Chiesa, der Präsident des städtischen Altersheims Pio Albergo Trivulzio und ein hohes Tier in der Mailänder Sozialistischen Partei, in seinem Büro verhaftet wurde. Ihr kennt die Geschichte: Chiesa hatte für die Vergabe eines Auftrags an eine Reinigungsfirma aus Monza Schmiergeld verlangt, es ging um einen Auftrag über hundertvierzig Millionen Lire, und er wollte zehn Prozent davon für sich haben, woran man sieht, dass auch ein städtisches Altersheim eine schöne Kuh zum Melken sein kann. Er muss sie schon vorher ein paarmal gemolken haben, denn dem Chef der Reinigungsfirma war es zuviel geworden, er wollte nicht länger zahlen und

55

hatte Chiesa angezeigt. Dann war er zu ihm gegangen, um ihm die erste Hälfte der vereinbarten vierzehn Millionen zu bringen, aber mit einer verborgenen Videokamera. Und kaum hatte Chiesa das Geldbündel angenommen, waren die Carabinieri eingedrungen. In Panik geraten, hatte er sich schnell noch ein weiteres, dickeres Geldbündel aus der Kasse gegrapscht, das er sich von jemand anderem hatte geben lassen, und war ins Klo gestürzt, um die Banknoten im WC runterzuspülen, aber von wegen, bevor er das ganze Geld vernichten konnte, war er schon in Handschellen. Das ist die Geschichte, Sie werden sich erinnern, und jetzt wissen Sie, Cambria, was wir in unserer Zeitung am nächsten Tag berichten müssen. Gehen Sie ins Archiv, lesen Sie nach, was damals in den Zeitungen stand, und schreiben Sie uns eine Meldung für die erste Seite, oder nein, besser einen schönen kleinen Artikel, denn wenn ich es richtig in Erinnerung habe, hatten die Fernsehnachrichten am Abend vorher noch nichts über diese Sache berichtet.«

»Okay, Chef. Ich gehe.«

»Warten Sie, jetzt kommt die Mission von *Domani* ins Spiel. Sie werden sich erinnern, dass in den folgenden Tagen versucht wurde, die Sache herunterzuspielen. Ministerpräsident Craxi soll gesagt haben, Chiesa sei nur ein kleiner Spitzbube und er habe ihn schon entlassen, aber was die Leser am 18. Februar noch nicht wissen konnten: Die Staatsanwälte ermittelten weiter, und dabei tat sich ein echter Spürhund hervor, jener Antonio Di Pietro, den heute jeder kennt, aber damals hatte noch niemand von ihm gehört. Di Pietro hat Chiesa die Daumenschrauben angelegt, hat Schweizer Konten bei ihm gefunden, hat ihn gestehen lassen, dass er kein Einzelfall war, und seitdem ist er dabei, ein ganzes Netz politischer Korruption aufzudecken, das alle Parteien betrifft, die ersten Konsequenzen sind gerade in diesen Tagen zu sehen, bei den Wahlen am letzten Sonntag haben sowohl die Christdemokraten als auch Craxis Sozialisten viele Stimmen verloren, und die Lega Nord hat zugelegt, weil sie den Hass auf die Regierung in Rom zu schüren versteht. Politiker werden reihenweise verhaftet, die Parteien zerfallen mehr und mehr, und es gibt Leute, die sagen, nach dem Fall der Berliner Mauer und dem Ende der Sowjetunion hätten die Amerikaner keinen Bedarf mehr an Parteien, die sie manövrieren konnten, und hätten sie den Staatsanwälten überlassen – oder vielleicht, so könnten wir spekulieren, spielen die Staatsanwälte nach einem Drehbuch, das die CIA geschrieben hat, aber übertreiben wir lieber erst mal noch nicht. Dies ist die Lage heute, aber am 18. Februar konnte sich niemand vorstellen, was dann alles passieren sollte. Unsere Zeitung *Domani* jedoch, die wird es sich vorstellen, sie wird eine Reihe von Voraussagen machen. Und diesen Artikel voller Hypothesen und Spekulationen, ruhig auch Insinuationen, den erwarte ich von Ihnen, Lucidi, er muss so geschickt geschrieben sein, dass er mit lauter *womöglich* und *vielleicht* operiert, aber de facto genau das erzählt, was tatsächlich dann passiert ist. Mit eingestreuten Namen von Politikern, verteilen Sie sie gut auf die verschiedenen Parteien, bringen Sie auch die Linken ins Spiel, lassen Sie durchblicken, dass die Zeitung noch weitere Dokumente sammelt, und tun Sie es so, dass auch diejenigen vor Schreck erbleichen, die zwar das alles schon wissen, aber sich beim Lesen unserer Nullnummer fragen, was wohl in einer Nullnummer mit dem heutigen Datum stehen könnte … Haben Sie verstanden? Dann los, an die Arbeit!«

»Warum geben Sie gerade mir diesen Auftrag?«, wollte Lucidi noch wissen.

Simei sah ihn mit einem bedeutsam Blick an, als müsse er etwas verstehen, was wir nicht verstanden: »Weil mir scheint, dass Sie besonders gut darin sind, Meinungen zu sammeln und sie den Zuständigen zu berichten.«

Später, als wir allein waren, fragte ich Simei, was er damit sagen wollte. »Verraten Sie's nicht den anderen«, sagte er, »aber ich bin sicher, das Lucidi etwas mit den Geheimdiensten zu tun hat und den Journalismus nur als Deckung benutzt.«

»Sie meinen, er ist ein Spitzel? Und wieso haben Sie einen Spitzel in die Redaktion geholt?«

»Weil es keine Rolle spielt, ob er *uns* bespitzelt, was soll er schon anderes über uns berichten als das, was die Dienste sehr gut verstünden, wenn sie irgendeine unsere Nullnummern läsen? Aber er kann uns Nachrichten bringen, die er durch Bespitzelung anderer erfahren hat.«

Simei ist vielleicht kein großer Journalist, dachte ich, aber in seinem Genre ist er ein Genie. Und dabei kam mir in den Sinn, was ein bekannter Dirigent, ein großes Lästermaul, über einen bekannten Musiker gesagt haben soll: »In seinem Genre ist er ein Gott. Und sein Genre ist Scheiße.«

V

Während wir überlegten, was sonst noch in die erste Nullnummer reinkommen sollte, erging sich Simei ausgiebig
über einige wesentliche Prinzipien unserer Arbeit.

»Colonna, illustrieren Sie unseren Freunden ein bisschen, wie man ein Grundprinzip des demokratischen Journalismus beachtet oder zu beachten vorgibt: die Trennung
zwischen Tatsachen und Meinungen. An Meinungen wird
in *Domani* kein Mangel herrschen, und sie werden auch
als solche gekennzeichnet sein, aber wie beweist man, dass
in anderen Artikeln nur Tatsachen berichtet werden?«

»Ganz einfach«, sagte ich. »Sehen Sie sich die großen
englischsprachigen Zeitungen an. Wenn sie zum Beispiel
von einer Feuersbrunst oder einem Autounfall berichten,
können sie natürlich nicht einfach schreiben, was sie selber
davon halten. Also fügen sie in den Artikel, in Anführungszeichen, Aussagen und Erklärungen von Augenzeugen ein,
von zufälligen Passanten, von Vertretern der öffentlichen
Meinung. Dadurch, dass sie in Anführungszeichen stehen,

erhalten diese Aussagen und Behauptungen den Charakter von Tatsachen, soll heißen, es ist eine Tatsache, dass der Betreffende die und die Meinung geäußert hat. Nun könnte man freilich annehmen, dass der Journalist nur diejenigen zu Wort kommen lässt, die den Vorfall so sehen wie er. Deshalb werden immer zwei verschiedene Erklärungen zitiert, die einander widersprechen, damit man sieht, dass es über den Vorfall verschiedene Meinungen gibt, was eben eine Tatsache ist – und diese unwiderlegliche Tatsache wird von der Zeitung berichtet. Der Trick dabei ist, dass zuerst eine banale Meinung in Anführungszeichen gesetzt wird und dann eine andere, besser begründete, die der des Journalisten sehr ähnlich ist. So gewinnt der Leser den Eindruck, über zwei Tatsachen informiert worden zu sein, ist aber dazu gebracht worden, nur eine Meinung als die überzeugendere zu akzeptieren. Nehmen wir ein Beispiel: Eine Straßenbrücke ist eingestürzt, ein Lastwagen ist hinuntergerissen worden, der Fahrer ist tot. Im Text wird zunächst streng sachlich die Tatsache berichtet, dann heißt es weiter: Signor X., 42, Inhaber eines Zeitungskiosks an der Ecke, sagte dazu: *Was wollen Sie, so was passiert halt, tut mir leid für den Armen, aber Schicksal ist Schicksal.* Gleich danach erklärt Signor Y., 34, Maurer, der auf einer benachbarten Baustelle arbeitet: *Daran ist die Kommune schuld, es war schon lange bekannt, dass es bei dieser Brücke Probleme gibt.* Mit wem von den beiden wird sich der Leser wohl identifizieren? Über wen wird er sich ärgern, wem wird er die Verantwortung zuweisen? Das dürfte klar sein. Es geht also darum, was man in Anführungszeichen zitiert und wie man es anordnet. Machen wir mal eine kleine Übung. Fangen wir bei Ihnen an, Costanza. Nehmen wir den Fall der Bombenexplosion an der Piazza Fontana.«

Costanza überlegte ein wenig, dann sagte er: »Signor Rossi, 41, städtischer Angestellter, der in der Bank hätte sein können, als die Bombe explodierte, sagte uns dazu: *Ich kam gerade vorbei, da hörte ich die Explosion. Grauenhaft. Das hat jemand gemacht, der im Trüben fischen will, aber wir werden nie wissen, wer es war.* Auch Signor Bianchi, 50, Friseur, ist im Moment des Attentats gerade vorbeigekommen, er hat es als ohrenbetäubend und schrecklich in Erinnerung und kommentierte es mit den Worten: *Ein typisches Attentat anarchistischer Prägung, kein Zweifel.*«

»Sehr gut. Jetzt Signorina Fresia. Es geht um die Nachricht, dass Napoleon gestorben ist.«

»Na ja, ich würde sagen: Monsieur Blanche, lassen wir Alter und Beruf mal beiseite, sagt uns, es sei vielleicht etwas ungerecht gewesen, den armen Kerl, der doch sowieso schon erledigt war und ja auch Familie hatte, auf solch eine Insel zu verbannen. Und Monsieur Manzoni beziehungsweise Mansoní sagt uns: *Da ist ein Mann gestorben, der die Welt verändert hat, vom Manzanares bis zum Rhein, ein Großer.*«

»Gut, das mit dem Manzanares«, warf Simei lächelnd ein. »Aber um den Lesern Meinungen unterzujubeln, ohne dass sie es merken, gibt es noch andere Mittel. Wir müssen erst einmal festlegen, was in unsere Zeitung gehört, und dazu müssen wir, wie es in anderen Redaktionen heißt, eine Agenda aufstellen, einen Geschäftsplan mit Ressortverteilung und so. Nachrichten, die man bringen kann, gibt es unendlich viele, aber warum soll man berichten, dass es einen Unfall in Bergamo gegeben hat, und einen genauso schlimmen in Messina ignorieren? Nicht die Nachrichten machen die Zeitung, sondern die Zeitung macht die Nachrichten. Und vier verschiedene Nachrichten in der richtigen Weise zusammenzustellen heißt, dem Leser eine fünfte zu suggerieren. Hier, nehmen Sie diese Zeitung von vorgestern, da steht auf derselben Seite: Mailand, junge Mutter wirft Neugeborenes ins WC; Pescara, mit Davides Tod hat dessen Bruder nichts zu tun; Amalfi, Betrugsanklage gegen die Psychologin, der die an Anorexie leidende Tochter anvertraut worden war; Buscate, junger Mann, der als Fünzehnjähriger ein achtjähriges Kind umgebracht hatte, verlässt nach vierzehn Jahren die Besserungsanstalt. Die vier Nachrichten stehen alle auf der Seite ›Gesellschaft, Kinder, Gewalt‹. Sicher geht es hier um Gewalttaten, in die auch ein Minderjähriger involviert ist, aber es handelt sich doch um sehr verschiedene Fälle. In einem einzigen Fall (dem Kindermord) handelt es sich um Gewalt von Eltern gegen ihre Kinder, die Geschichte mit der Psychologin scheint mir keine Kinder zu betreffen, denn es wird ja nichts über das Alter der an Anorexie leidenden Tochter gesagt, die Sache mit dem Bruder des Toten in Pescara beweist eher (wenn überhaupt etwas), dass hier keine Gewalt im Spiel war und der Junge aus ganz anderen Gründen gestorben ist, und was schließlich den Fall in Buscate betrifft, so geht es dabei, richtig gelesen, um die Freilassung eines fast Dreißigjährigen, und die Gewalttat liegt vierzehn Jahre zurück. Was wollte uns die Zeitung mit dieser Seite sagen? Vielleicht nichts Absichtliches, ein fauler Redakteur hatte vier Agenturmeldungen vor sich und fand es gut, sie zusammenzustellen, weil es so effektvoller ist. Aber de facto setzt uns die Zeitung eine Idee in den Kopf, eine Mahnung, einen Alarm, was weiß ich … Und in jedem Fall bedenken Sie die Reaktion des Lesers: Jede einzelne dieser vier Meldungen hätte ihn vielleicht gleichgültig gelassen, alle zusammen zwingen ihn, auf der Seite zu bleiben. Verstehen Sie? Ich weiß, es gibt schon Doktorarbeiten darüber, dass die Zeitungen immer schreiben ›Kalabresischer Arbeiter ersticht Kollegen‹ und nie ›Arbeiter aus Mantua ersticht Kollegen‹, okay, das ist der gewöhnliche Rassismus, und stellen Sie sich eine Seite vor, auf der stünde: Arbeiter aus Mantua usw., Rentner aus Mestre bringt seine Frau um, Kioskbetreiber aus Bologna begeht Selbstmord, Maurer aus Genua unterschreibt ungedeckten Scheck – was interessiert es den Leser, wo diese Typen geboren sind? Aber wenn wir von einem kalabresischen Arbeiter reden, von einem Renter in Matera, einen Kioskbetreiber in Bari oder einem Maurer in Palermo, dann schüren wir damit die Sorge über wachsende Kriminalität im Süden, und das ist dann die eigentliche Nachricht … Wir sind eine Zeitung, die in Mailand erscheint und nicht in Catania, daher müssen wir die Gefühle und Empfindlichkeiten eines Mailänder Lesers berücksichtigen. Bedenken Sie immer: Die Nachrichten werden von uns gemacht, und wir müssen es schaffen, sie so zu machen, dass sie zwischen den Zeilen hervortreten. Doktor Colonna, setzen Sie sich in den freien Stunden mit unseren Redakteuren zusammen, gehen Sie die Agenturmeldungen durch und stellen Sie ein paar Seiten zum Thema zusammen. Üben Sie sich darin, die Nachricht dort hervortreten zu lassen, wo man sie bisher nicht vermutet hatte oder nicht zu sehen verstand. Courage, meine Herrschaften!«

Ein anderes Thema war das der Berichtigung oder Richtigstellung. Wir waren ja noch eine Zeitung ohne Leser und hätten daher, was immer wir auch berichten würden, nichts auf Verlangen der Leser zu berichtigen brauchen. Doch die Qualität einer Zeitung bemisst sich auch an ihrer Fähigkeit, mit Berichtigungswünschen umzugehen, besonders wenn es eine Zeitung ist, die sich nicht scheut, heikle Dinge beim Namen zu nennen. Mehr noch als uns für den Fall zu trainieren, dass echte Richtigstellungen eintreffen würden, ging es uns darum, einige Leserbriefe zu erfinden, denen dann unsere Berichtigungen zu folgen hätten. Um den Leserbriefschreibern zu zeigen, aus welchem Holz wir geschnitzt sind.

»Ich habe darüber gestern mit Doktor Colonna gesprochen. Colonna, wollen Sie uns bitte eine schöne Lektion über die Technik der Richtigstellung erteilen?«

»Gut«, sagte ich, »nehmen wir ein Schulbeispiel, das nicht nur erfunden, sondern sagen wir ruhig, auch ein bisschen übertrieben ist. Es parodiert eine Richtigstellung, die vor ein paar Jahren im *Espresso* stand. Ausgangspunkt ist die Annahme, unsere Zeitung hätte einen Leserbrief von einem Herrn namens Preciso Smentuccia bekommen, den ich Ihnen jetzt vorlese.«

Sehr geehrter Herr Direktor, unter Bezugnahme auf den Artikel »An den Iden war ich zufrieden« von Aleteo Verità in der letzten Nummer Ihrer Zeitung erlaube ich mir, Folgendes zu präzisieren. Es stimmt nicht, dass ich bei Julius Cäsars Ermordung anwesend war. Wie Sie der beigelegten Geburtsurkunde entnehmen können, bin ich am 15. März 1944 in Molfetta geboren und somit viele Jahrhunderte nach dem unseligen Ereignis, das ich im übrigen immer verabscheut habe. Signor Verità muss da etwas falsch verstanden haben, als ich ihm sagte, dass ich jedes Jahr mit einigen Freunden den 15. März 44 zu feiern pflege.

Ebensowenig stimmt es, dass ich danach zu einem gewissen Brutus gesagt haben soll: »In Philippi sehen wir uns wieder.« Ich präzisiere, dass ich niemals irgendwelche Kontakte zu einem Herrn Brutus gehabt habe, von dem mir bis gestern sogar der Name völlig unbekannt war. Tatsächlich habe ich Signor Verità im Laufe unseres kurzen Telefoninterviews gesagt, ich würde mich bald wieder mit dem Assessor für Verkehrs-wesen Filippi treffen, aber dieser Satz war im Zusammen-hang eines Gesprächs über den Autoverkehr in Rom gefallen, und in diesem Zusammenhang habe ich niemals gesagt, ich wolle gedungene Mörder anheuern, um den irren Verräter Julius Cäsar zu beseitigen, sondern, »ich will den Assessor anfeuern, den Verkehrs-stau auf der Piazza Giulio Cesare zu beseitigen«. Hochachtungsvoll, Ihr Preciso Smentuccia.

»Wie reagiert man auf eine so präzise Richtigstellung, ohne sein Gesicht zu verlieren? Hier eine gute Antwort.«

Ich nehme zur Kenntnis, dass Signor Smentuccia mitnichten bestreitet, dass Julius Cäsar an den Iden des März 44 ermordet worden ist. Ich nehme gleichfalls zur Kenntnis, dass Signor Smentuccia die Gewohnheit hat, seinen Geburtstag am 15. März 1944 mit Freunden zu feiern. Genau dieser kuriose Brauch war es, den ich in meinem Artikel anprangern wollte. Signor Smentuccia mag persönliche Gründe haben, dieses Datum mit großen Trinkgelagen zu feiern, aber er wird zugeben, dass diese Koinzidenz zumindest kurios ist. Außerdem wird er sich vielleicht noch erinnern, dass er im Laufe des langen und reichhaltigen Telefoninterviews, das er mir gewährt hatte, den Satz sagte: »Ich bin der Meinung, dass man Cäsar geben sollte, was Cäsar gebührt.« *Eine Quelle, die dem Signor Smentuccia sehr nahesteht und die anzuzweifeln ich keine Gründe habe, hat mir versichert, dass Cäsar dreiundzwanzig Dolchstöße erhalten hat.*
Ich weise darauf hin, dass Signor Smentuccia in seinem ganzen Brief sorgfältig vermeidet, uns zu sagen, wer diese Dolchstöße wirklich ausgeführt hat. Was die penible Richtigstellung über Philippi resp. Filippi angeht, so habe ich mein Notizbuch vor Augen, in dem ohne den Schatten eines Zweifels geschrieben steht, dass Signor Smentuccia nicht gesagt hat »Wir werden uns bei *Filippi* wiedersehen«, *sondern* »Wir werden uns in *Philippi* wiedersehen.«

Dasselbe kann ich über den bedrohlichen Satz im
Zusammenhang mit Julius Cäsar versichern.
Die stenographische Mitschrift in meinem Notizbuch
lautet: »Werde Assass anheuern, um Ver pazz
Giulio Cesare zu beseitigen.« Es hilft nichts, sich
auf Wortspielereien zu verlegen, um schweren
Verantwortungen zu entgehen oder der Presse
einen Maulkorb zu verpassen.

»Unterzeichnet mit dem Kürzel von Aleteo Verità. Also, was ist uns nützlich in dieser Richtigstellung einer Richtigstellung? Erstens der Hinweis darauf, dass die Zeitung ihre Informationen aus einer dem Signor Smentuccia nahestehenden Quelle bezogen hat. Das funktioniert immer, man nennt die Quelle nicht beim Namen, sondern lässt durchblicken, dass man über besondere Quellen verfügt, die vielleicht glaubwürdiger sind als der Signor Smentuccia. Dann der Rekurs auf das Notizbuch des Journalisten. Dieses Notizbuch kriegt nie jemand zu sehen, aber die Vorstellung, es handle sich um ein Transkript direkt aus dem Leben, eine Art Life-Übertragung, flößt Vertrauen in die Zeitung ein und lässt die Leser denken, ihre Berichte basierten auf Dokumenten. Schließlich die wiederholten Insinuationen, die per se nichts besagen, aber einen Schatten von Verdacht auf den Signor Smentuccia werfen. Ich behaupte nun nicht, dass unsere Richtigstellungen immer so aussehen müssen, das Beispiel ist, wie gesagt, eine Parodie, aber merken Sie sich diese drei Grundbausteine für die Richtigstellung einer Richtigstellung: die gesammelten Aussagen, die Hinweise auf das Notizbuch und die eingestreuten Zweifel an der Glaubwürdigkeit des Beschwerdeführers. Haben Sie verstanden?«

»Sehr gut!«, antworteten alle im Chor. Und am nächsten Tag brachte jeder ein Beispiel für glaubwürdigere Berichtigungen und weniger groteske, aber ebenso wirksame Richtigstellungen von Richtigstellungen. Meine sechs Schüler hatten die Lektion gelernt.

Maia Fresia schlug vor: »*Wir nehmen die Richtigstellung zur Kenntnis, aber präzisieren, dass unser Bericht auf den Gerichtsakten beruht, genauer: auf dem Ermittlungsbescheid.* Dass der Angeklagte nach Abschluss der Ermittlungen freigesprochen worden ist, weiß der Leser nicht. Ebensowenig weiß er, dass die fraglichen Akten vertraulich zu behandeln waren und nicht klar ist, wie sie in unsere Hände gelangt sind, noch ob sie überhaupt echt sind. Ich habe die gestellte Aufgabe gelöst, Doktor Simei, aber wenn Sie gestatten, mir kommt diese ganze Geschichte doch ziemlich schlimm und geradezu ekelhaft vor.«

»Meine Liebe«, flötete Simei, »sie wäre noch viel schlimmer, wenn wir zugeben müssten, dass die Zeitung ihre Quellen nicht geprüft hat. Aber einverstanden, ehe man Fakten verkündet, die jemand überprüfen könnte, beschränkt man sich besser aufs Insinuieren. Insinuieren heißt nicht, etwas Bestimmtes zu behaupten, es dient nur dazu, einen Schatten von Verdacht auf den Beschwerdeführer zu werfen. Zum Beispiel: *Wir nehmen die Präzisierung gerne zur Kenntnis, aber uns scheint, dass Signor Smentuccia* (immer nur ›Signor‹ schreiben, nie ›Doktor‹ oder sonstige Titel, ›Signor‹ allein ist in diesem Lande die schlimmste Beleidigung), *uns scheint, dass Signor Smen-*

*tuccia Dutzende von Richtigstellungen an verschiedene Zei-
tungen geschickt hat. Richtigstellungen zu schreiben muss für
ihn eine Vollzeitbeschäftigung sein.* Wenn der Gute jetzt
noch eine weitere Richtigstellung schickt, sind wir berech-
tigt, sie nicht zu drucken oder ihr den Kommentar bei-
zugeben, dass Signor Smentuccia nicht aufhört, immer
dasselbe zu schreiben. So reift in den Lesern die Überzeugung, dass es sich um einen Paranoiker handelt. Dies ist das
Gute an der Insinuation: Wenn wir andeuten, dass Smentuccia schon öfter an andere Zeitungen geschrieben hat,
sagen wir nur die Wahrheit, die nicht zu bestreiten ist.
Eine Insinuation ist wirksam, wenn sie mit Fakten operiert, die an sich keinen Wert haben, aber unbestreitbar
wahr sind.«

Nach Beherzigung all dieser Ratschläge machten wir ein –
wie Simei es nannte – *Brainstorming.* Palatino erinnerte
sich, dass er bisher vorwiegend für Rätselmagazine gearbeitet hatte, und schlug vor, die Zeitung solle neben den
Fernsehprogrammen, dem Wetterbericht und den Horoskopen auch eine halbe Seite mit Spielen haben.

Simei fiel ihm ins Wort: »Horoskope, ja klar! Gut,
dass Sie uns daran erinnern, die sind ja das erste, was
unsere Leser suchen werden! Darum wende ich mich an
Sie, Signorina Fresia, das ist Ihre erste Aufgabe, schauen
Sie sich die Zeitungen und Magazine an, in denen Horoskope stehen, und suchen Sie ein paar wiederkehrende
Muster. Aber beschränken Sie sich auf die optimistischen
Prognosen, die Leute mögen es nicht, wenn man ihnen
sagt, dass sie nächsten Monat an Krebs sterben werden.

Und formulieren Sie Prognosen, die für alle gelten, ich meine, eine achtzigjährige Leserin würde sich von der Aussicht, den Mann ihres Lebens zu treffen, nicht angesprochen fühlen, aber die Vorhersage, dass, was weiß ich, dieser Steinbock da in den nächsten Monaten etwas erleben wird, was ihn glücklich machen wird, ist für alle gut, für Teenager (falls einer von ihnen das lesen sollte) ebenso wie für alte Jungfern und für Buchhalter, die auf eine Gehaltserhöhung hoffen. Aber nun wieder zu den Spielen, lieber Palatino. Woran denken Sie? An Kreuzworträtsel?«

»Ja, auch Kreuzworträtsel«, antwortete Palatino, »aber leider werden es solche sein müssen, in denen gefragt wird, wer am 11. Mai 1861 in Marsala gelandet ist« (»und dann dürfen wir froh sein, wenn der Leser Garibaldi schreibt«, warf Simei grinsend ein). »Die ausländischen Kreuzworträtsel operieren dagegen mit Definitionen, die selber oft schon ein Rätselspiel sind. In einer französischen Zeitung stand einmal ›Freund der Einfältigen‹, und die Lösung war ›Kräutersammler‹, weil die Einfältigen nicht nur die Simpel sind, sondern auch die Heilkräuter.«

»So was ist nichts für uns«, sagte Simei, »unsere Leser wissen nicht nur nicht, was die Einfältigen sind, sondern vielleicht auch nicht einmal, was ein Kräutersammler macht. Garibaldi, ja, das geht, oder ›der Mann von Eva‹ oder ›die Mutter des Kälbchens‹, solche Sachen.«

An diesem Punkt ergriff Maia das Wort, ihr Gesicht war erhellt von einem fast kindlichen Lächeln, als hätte sie gerade eine herrliche Spitzbüberei ersonnen. Kreuzworträtsel seien ja schon in Ordnung, sagte sie, aber die Leser müssten dann immer auf die nächste Nummer warten, um zu sehen, ob ihre Lösungen richtig waren. Man könnte doch auch so tun, als hätte man in den früheren Nummern eine Art Wettspiel angeregt und veröffentlichte nun die geistreichsten Leserantworten. Zum Beispiel die dümmsten Antworten auf eine Reihe von ebenso dummen Warum-Fragen.

»An der Uni haben wir uns einmal damit amüsiert, möglichst idiotische Fragen und Antworten zu erfinden. Zum Beispiel: Warum wachsen die Bananen auf Bäumen? Weil, wenn sie am Boden wüchsen, würden sie sofort von den Krokodilen gefressen. Warum gleiten die Skier über Schnee? Weil, wenn sie nur über Kaviar glitten, würde der Wintersport zu teuer.«

Palatino stimmte begeistert ein: »Warum hatte Cäsar, bevor er starb, noch Zeit zu sagen *Auch du, Brutus?* Weil ihm der tödliche Stoß nicht von Scipius Africanus versetzt worden war. Warum läuft unsere Schrift von links nach rechts? Weil, wenn sie andersrum liefe, die Sätze mit einem Punkt beginnen würden. Warum begegnen sich Parallelen nie? Weil sie sich nicht ausstehen können.«

Auch die anderen erwärmten sich für das Spiel, und Braggadocio schlug vor: »Warum haben wir zehn Finger? Weil, wenn es sechs wären, wir nur sechs Gebote hätten, und dann wäre es vielleicht nicht verboten zu stehlen. Warum ist Gott das vollkommenste Wesen? Weil er als unvollkommenes Wesen mein Vetter Gustav wäre.«

Auch ich mischte mich ein: »Warum wurde der Whisky in Schottland erfunden? Weil, wenn er in Japan erfunden wäre, wär's kein Whisky, sondern Sake und würde nicht

71

mit Soda getrunken. Warum ist das Meer so groß? Weil darin so viele Fische schwimmen und es unsinnig wäre, sie auf den Großen Sankt Bernhard zu packen. Warum kräht die Henne ...«

»Warten Sie«, unterbrach mich Palatino, »warum sind die Gläser oben offen und unten zu? Weil, wenn's andersrum wäre, die Bars pleitegehen würden. Warum ist die Mama immer die Mama? Weil, wenn sie manchmal auch der Papa wäre, die Gynäkologen nicht mehr wüssten, wohin sie klopfen sollen. Warum wachsen die Fingernägel, aber nicht die Zähne? Weil sich die Neurotiker sonst die Zähne abknabbern würden. Warum ist der Hintern unten und der Kopf oben? Weil es sonst sehr schwierig wäre, eine Toilette zu entwerfen. Warum biegen sich die Beine nach innen und nicht nach außen? Weil es sonst in Flugzeugen sehr gefährlich würde, wenn sie notlanden müssen. Warum ist Christoph Columbus nach Westen gesegelt? Weil, wenn er nach Osten gesegelt wäre, er womöglich bloß Frosinone entdeckt hätte. Warum haben die Finger Nägel? Weil, wenn sie stattdessen Pupillen hätten, sie keine Nägel, sondern Augen wären.«

Jetzt war das Spiel nicht mehr zu bremsen, und Maia Fresia fing erneut an: »Warum sehen Aspirintabletten anders aus als Leguane? Weil sonst, stellt euch bloß mal vor, was dann passieren würde. Warum stirbt der Hund auf dem Grab seines Herrn? Weil es da keine Bäume gibt, an die er pinkeln kann, so dass ihm nach drei Tagen die Blase platzt. Warum misst ein rechter Winkel 90 Grad? Die Frage ist schlecht gestellt, der Winkel misst gar nichts, es sind die anderen, die ihn messen.«

»Genug jetzt«, rief Simei, der sich jedoch ein paarmal das Lächeln nicht hatte verkneifen können. »Das sind ja nun wirklich Pennälerwitze! Sie vergessen, dass unsere Leser keine Intellektuellen sind, die die Surrealisten gelesen haben, in deren Milieu man sich mit sowas amüsierte. Sie würden das alles ernst nehmen und uns für völlig verrückt halten. Zurück an die Arbeit, wir haben uns genug amüsiert. Was für weitere Vorschläge gibt es noch?«

So wurde die Rubrik der Warum-Fragen liquidiert. Schade, sie wäre lustig gewesen. Doch sie hatte mein Augenmerk auf Maia Fresia gelenkt. Wenn diese Kollegin so geistreich war, musste sie auch nett sein. Und auf ihre Art war sie das auch. Wieso auf ihre Art? Ich begriff die Art noch nicht ganz, aber sie begann mich zu interessieren.

Maia war jedoch sichtlich frustriert und versuchte es noch mit einem anderen Vorschlag, der auf ihrer Linie lag: »Demnächst wird die Longlist für den diesjährigen Premio Strega bekanntgegeben. Sollten wir nicht auch über Bücher sprechen?«

»Immer ihr jungen Leute mit eurer Kultur! Zum Glück haben Sie nicht promoviert, sonst würden Sie mir einen fünfzigseitigen Essay über Literaturkritik vorschlagen …«

»Ich habe die Promotion nicht geschafft, aber ich lese.«

»Wir können uns nicht zuviel mit Literatur beschäftigen, unsere Leser lesen keine Bücher, sondern höchstens die *Gazzetta dello Sport*. Aber einverstanden, die Zeitung muss auch eine Seite nicht direkt für Literatur, aber für Kultur und Spektakel haben. Die wichtigsten kulturellen

Ereignisse müssen wir jedoch in Form von Interviews präsentieren. Interviews mit Autoren sind friedenstiftend, kein Autor spricht negativ über sein Buch und so werden die Leser nicht mit neiderfüllten und hochnäsigen Verrissen schockiert. Im übrigen hängt alles davon ab, welche Fragen man stellt, man darf nicht zuviel über das Buch reden, sondern man muss den Schriftsteller oder die Schriftstellerin dazu bringen, aus sich herauszugehen, möglichst auch mit ihren Ticks und Schwächen. Signorina Fresia, Sie haben doch eine schöne Erfahrung im Kreieren von prominenten Liebschaften. Denken Sie an ein Interview, natürlich ein imaginäres, mit einer oder einem der heute vielgelesenen Autorinnen oder Autoren. Wenn es um eine Liebesgeschichte geht, entlocken Sie ihr oder ihm eine Erinnerung an ihre erste Liebe, womöglich auch ein paar Bosheiten über ihre Konkurrenten. Machen Sie aus dem doofen kleinen Buch ein menschliches Drama, das auch die schlichte Hausfrau versteht, dann hat sie keine Gewissensbisse, wenn sie das Buch hinterher nicht liest – und übrigens, wer liest schon jemals die Bücher, die in den Zeitungen rezensiert werden, gewöhnlich nicht mal der Rezensent, man kann ja schon froh sein, wenn wenigstens der Autor sein eigenes Buch gelesen hat, bei manchen hat man wirklich den Eindruck, dass nicht einmal dies der Fall ist …«

»O mein Gott«, seufzte Maia erbleichend, »nie werde ich den Fluch der Liebschaftsverkupplerin los …«

»Sie glauben hoffentlich nicht, ich hätte Sie hierher gerufen, um Sie Artikel über Weltwirtschaft oder internationale Politik schreiben zu lassen.«

»Nein, nein, das war mir schon klar. Aber ich hatte gehofft, mich zu irren.«

»Also los, zieren Sie sich nicht. Versuchen Sie etwas zustande zu bringen. Wir alle haben größtes Vertrauen zu Ihnen.«

VI

Mittwoch, 15. April

Ich erinnere mich an den Tag, als Cambria sagte: »Neulich im Radio hab ich gehört, Untersuchungen hätten gezeigt, dass die Verschmutzung der Erdatmosphäre bei den jüngeren Generationen Einfluss auf die Größe des Penis hat, und ich fürchte, das Problem betrifft nicht nur die Söhne, sondern auch ihre Väter, die immer so stolz von den Dimensionen der Pimmelchen ihrer Söhne reden. Ich weiß noch, als meiner gerade geboren war und sie ihn mir in der Klinik zeigten, hab ich als erstes gesagt: ›Oh, was für schöne Eier er hat!‹ und bin rumgelaufen, um es allen Kollegen zu erzählen.«

»Alle männlichen Neugeborenen haben enorme Hoden«, sagte Simei, »und alle Väter reden so. Außerdem wissen Sie ja, dass in den Kliniken oft die Namenskärtchen verwechselt werden, also vielleicht war das gar nicht Ihr Sohn, bei allem Respekt vor Ihrer Frau Gemahlin.«

»Aber die Nachricht betrifft die Väter schon sehr, denn wenn sie stimmt, hätte das verheerende Folgen auch für das Organ der Erwachsenen«, gab Cambria zu bedenken. »Wenn sich die Idee verbreiten würde, dass die Umweltverschmutzung nicht nur den Walen schlecht bekommt, sondern auch – entschuldigen Sie den Fachausdruck – dem Piepmatz, dann würden wir, glaube ich, sehr schnelle Bekehrungen zum Ökologismus erleben.«

»Interessanter Gedanke«, kommentierte Simei, »aber wer sagt uns denn, dass der Commendatore oder wenigstens einer seiner Referenten daran interessiert sind, die Verschmutzung der Erdatmosphäre zu reduzieren?«

»Aber das wäre doch ein Alarmruf, ein wahrhaft aufrüttelnder!«, beharrte Cambria.

»Mag sein, aber wir sind keine Alarmisten«, lautete Simeis Antwort. »Das wäre ja Terror. Wollen Sie die Gasversorgung, die Erdölwirtschaft, unsere Stahl- und Eisenindustrie in Frage stellen? Wir sind schließlich nicht die Parteizeitung der Grünen. Bei solchen Dingen müssen wir unsere Leser sedieren, nicht alarmieren.« Er überlegte einen Moment, dann fügte er hinzu: »Es sei denn, diese Dinge, die dem Penis nicht gut bekommen, werden von einem Pharmakonzern produziert, den der Commendatore ganz gern mal ein bisschen in Alarm versetzen würde. Aber das sind Fragen, die man von Fall zu Fall diskutieren muss. Wie auch immer, wenn Sie eine Idee haben, scheuen Sie sich nicht, sie vorzutragen, ich entscheide dann, ob wir sie weiterverfolgen oder nicht.«

Am nächsten Tag kam Lucidi mit einem praktisch schon fertig geschriebenen Artikel in die Redaktion. Es ging um Folgendes. Einer seiner Bekannten hatte einen Brief bekommen, Absender war laut Briefkopf der Ordre Souverain Militaire de Saint-Jean de Jérusalem – Chevaliers de Malte – Prieuré Oecuménique de la Sainte-Trinité-de-Villedieu – Quartier Général de la Vallette – Prieuré de Québec, und darin wurde ihm angeboten, ein Malteserritter zu werden, nach Überweisung einer recht großzügigen Summe für ein gerahmtes Diplom, eine Medaille, eine Anstecknadel und diverse kleinere Zugaben. Das hatte Lucidi auf die Idee gebracht, sich einmal das Treiben der Ritterorden etwas genauer anzusehen, und dabei hatte er ein paar überraschende Entdeckungen gemacht.

»Hören Sie, es gibt einen Bericht der Carabinieri, fragen Sie nicht, wie ich an den gekommen bin, in dem eine Reihe von Pseudo-Malteserorden aufgeführt werden. Es sind sechzehn, die nichts zu tun haben mit dem authentischen Ordine Sovrano Militare e Ospitaliero di San Giovanni di Gerusalemme, di Rodi e di Malta, der seinen Sitz in Rom hat. Alle haben ganz ähnliche Namen mit winzigen Variationen, alle an- und aberkennen sich gegenseitig. 1908 haben russische Emigranten einen Orden in den Vereinigten Staaten gegründet, dessen Kanzler in späteren Jahren kein Geringerer ist als Seine Königliche Hoheit Prinz Roberto Paternò Ayerbe Aragona, Herzog von Perpignan, Chef des Hauses Aragon, Thronprätendent des Reiches Aragon und Balearen, Großmeister des Ordens vom Kollar der heiligen Agathe von Paternò und des Ordens der Königskrone der Balearen. Von diesem Stamm trennt sich jedoch 1934 ein Däne, der einen anderen Orden gründet und als dessen Kanzler den Prinzen Peter von Griechenland und Dänemark einsetzt. Zu Beginn der sechziger Jahre gründet ein Abtrünniger der russischen Linie, Paul de Granier de Cassagnac, einen Orden in Frankreich, als dessen Schutzherrn er den ehemaligen König Peter II. von Jugoslawien wählt. 1965 überwirft sich der Ex-Peter Zwo mit Cassagnac und gründet in New York einen anderen Orden, dessen Groß-Prior nun Prinz Peter von Griechenland und Dänemark wird. 1966 erscheint als Kanzler des Ordens ein gewisser Robert Bassaraba de Brancovan Khimchiacvili, der jedoch ausgeschlossen wird und daraufhin den Orden der Ökumenischen Ritter von Malta gründet, als dessen Kaiserlich-Königlichen Protektor er Prinz Heinrich III. Konstantin von Vigo Lascaris Aleramicos Paleologos von Montferrat wählt. Dieser nennt sich Erbe des Throns von Byzanz sowie Fürst von Thessalien und gründet später noch einen weiteren Orden von Malta. Sodann finde ich ein byzantinisches Protektorat, eine Gründung des Prinzen Carol von Rumänien, der sich von Cassagnac getrennt hat; ein Großpriorat, dessen Groß-Bailiff ein gewisser Tonna-Barthet ist, während Prinz Andreas von Jugoslawien, der Ex-Großmeister des von Peter II. gegründeten Ordens, nun Großmeister des Priorats von Russland ist (das später in Königliches Groß-Priorat von Malta und Europa umbenannt wird). Auch in den siebziger Jahren wird ein neuer Orden gegründet, diesmal von einem Baron de Choibert und von Viktor Busa, der als orthodoxer Erzbischof, Metropolit von Bialystok, Patriarch der westlichen und östlichen Diaspora, Präsident der Republik Danzig und der Demokratischen Republik Weißrussland sowie, als Viktor Timur II., Großkhan von Tartarien und der Mongolei firmiert. Weiter gibt es ein

Internationales Groß-Priorat, das 1971 von Seiner bereits erwähnten Königlichen Hoheit Roberto Paternò kreiert wurde, zusammen mit dem Baron Marquis von Alaro, dessen Groß-Protektor dann 1982 ein anderer Paternò wird, nämlich der Chef des Kaiserlichen Hauses Leopardi Tomassini Paternò von Konstantinopel, Erbe des Oströmischen Reiches, als legitimer Nachfolger konsakriert von der Orthodoxen Apostolisch-Katholischen Kirche byzantinischer Konfession, Marquis von Monteaperto und Pfalzgraf des polnischen Throns. Ebenfalls 1971 erscheint in Malta der Ordre Souverain Militaire de Saint-Jean de Jérusalem (derselbe, von dem ich bei meiner Recherche ausgegangen bin), eine Abspaltung des Ordens von Bassaraba, unter dem Hochprotektorat von S. K. H. Alessandro Licastro Grimaldi Lascaris Comnenos Ventimiglia, Duc de La Chastre, Prince Souverain et Marquis de Déols, und sein Großmeister ist jetzt der Marquis Carlo Stivala de Flavigny, der nach dem Tod Licastros einen gewissen Pierre Pasleau ›assoziiert‹ hat, welchselbiger nun die Titel Licastros führt, dazu noch den Seiner Grandezza des Erzbischofs und Patriarchen der Orthodoxen Katholischen Kirche Belgiens, den des Großmeisters des Souveränen Ritterordens vom Tempel zu Jerusalem sowie den des Großmeisters und Hierophanten des Universellen Freimaurer-Ordens nach den Vereinigten Orientalischen, Alten und Primitiven Riten von Memphis und Misraim. Ach ja, beinahe hätte ich's vergessen: Um auf dem neuesten Stand zu sein, könnte man auch Mitglied des Priorats von Zion werden, also ein Nachkomme von Jesus, der Maria Magdalena geheiratet und mit ihr den Stamm der Merowinger gegründet hat.«

»Allein schon die Namen dieser Personen würden Aufsehen erregen«, sagte Simei, der sich eifrig Notizen machte. »Denken Sie nur: Paul de Granier de Cassagnac, Licastro … wie sagten Sie gleich … Grimaldi Lascaris Comnenos Ventimiglia, Carlo Stivala de Flavigny …«

»… Robert Bassaraba de Brancovan Khimchiacvili!«, wiederholte Lucidi triumphierend.

»Ich vermute«, fügte ich hinzu, »dass viele unserer Leser solche Briefe erhalten haben und mit Vorschlägen dieser Art belästigt werden, also könnten wir ihnen vielleicht helfen, sich gegen diese nur auf ihr Geld spekulierenden Belästigungen zu wehren.«

Simei zögerte einen Moment und sagte dann, er wolle darüber nachdenken. Am nächsten Tag hatte er sich offenbar informiert, denn er eröffnete uns, dass unser Verleger sich deswegen Commendatore nennen lasse, weil er Ehrenmitglied der Komturei von Santa Maria in Betlehem sei. »Wie es sich trifft, ist nun jedoch dieser Orden von Santa Maria in Betlehem ebenfalls pure Erfindung, der echte Orden ist der Deutschritterorden von Santa Maria in Jerusalem, genauer der *Ordo fratrum domus hospitalis Sanctae Mariae Teutonicorum in Jerusalem*, so steht er im Annuario Pontifico, dem Päpstlichen Jahrbuch. Sicher, heute würde ich mich nicht mal mehr darauf verlassen, bei all den Durchstechereien, die im Vatikan passieren, aber klar ist, dass ein Komtur von Santa Maria in Betlehem nicht mehr ist als, sagen wir, der Bürgermeister von Schilda. Und da wollen Sie, dass wir einen Artikel publizieren, der ein schiefes Licht auf den Komturtitel unseres Commendatore wirft, ja ihn geradezu ins Lächerliche zieht? Lassen wir jedem seine Illusionen. Tut mir leid, Lucidi, aber Ihr schöner Artikel muss in den Papierkorb.«

»Wollen Sie damit sagen, wir müssten bei jedem Artikel prüfen, ob er dem Commendatore gefällt?«, fragte Cambria, wie immer spezialisiert auf dumme Fragen.

»Selbstverständlich«, war Simeis Antwort. »Er ist unser *Principal Stockholder*, wie man heute gern sagt, unser Hauptaktionär.«

An diesem Punkt fasste sich Maia ein Herz und schlug eine Recherche vor, die sie eventuell machen könnte. Es ging um Folgendes. In der Nähe der Porta Ticinese, einer Gegend, die immer touristischer wurde, gab es eine Pizzeria mit Ristorante namens ›Paglia e Fieno‹. Maia, die an den Navigli wohnt, kam seit Jahren dort vorbei. Und seit Jahren war diese Pizzeria, ein sehr großes Lokal, in dem man durch die Scheiben mindestens hundert Plätze sah, tagsüber immer trostlos leer, nur an den Tischchen draußen saßen ein paar Touristen vor einem Espresso. Einmal war sie aus Neugier hineingegangen und fand sich allein mit einer Familie, die zwanzig Tische weiter saß. Sie hatte sich einen Teller genau mit Paglia e Fieno, ein Viertel Weißwein und ein Stück Apfeltorte bestellt, lauter ausgezeichnete Sachen zu bezahlbaren Preisen, und die Bedienung war überaus freundlich. Seltsam, wenn jemand ein so großes Lokal betreibt, mit Personal und Küche und allem, und dann kommt jahrelang keiner hin, da sollte man doch erwarten, dass er den Laden vernünftigerweise schließt. Aber nein, ›Paglia e Fieno‹ ist immer offen, jeden Tag, die ganze Woche, vielleicht seit zehn Jahren, dreitausendsechshundertfünfzig Tage bis heute.

»Darin verbirgt sich ein Geheimnis«, meinte Costanza.

»Ach woher«, sagte Maia. »Die Erklärung liegt auf der Hand, das Lokal gehört den chinesischen Triaden oder der Mafia oder der Camorra, es wurde mit schmutzigem Geld erworben und steht als gute Investition im hellen Tageslicht da. Jetzt werden Sie sagen, die Investition hat sich doch schon durch den Wert der Immobilie bezahlt gemacht und man könnte das Lokal geschlossen lassen, statt noch weiteres Geld reinzustecken. Aber nein, es bleibt offen. Warum?«

»Ja, warum?«, fragte wie üblich Cambria. Die Antwort zeigte, dass Maia nicht auf den Kopf gefallen war. »Das Lokal dient als Waschanlage für schmutziges Geld, das Tag für Tag hereinströmt. Man bedient die paar Kunden, die abends kommen, aber man tippt jeden Abend so viele Belege, als hätte man das Lokal voll gehabt. Nachdem man die Einnahmen so deklariert hat, bringt man das Geld zur Bank – und vielleicht, um nicht mit so viel Bargeld aufzufallen (da nichts mit Kreditkarten bezahlt worden ist), hat man Konten in zwanzig verschiedenen Banken eröffnet. Mit diesem Geld, das nun sauber und legal ist, bezahlt man die fälligen Steuern, natürlich nach großzügigem Abzug aller Betriebskosten (falsche Rechnungen kann man sich leicht besorgen). Normalerweise muss man bekanntlich, um schmutziges Geld in Umlauf zu bringen, mit einem Verlust von fünfzig Prozent rechnen. Bei diesem System verliert man sehr viel weniger.«

»Aber wie soll man das alles gerichtsfest beweisen?«, fragte Palatino.

»Ganz einfach«, erwiderte Maia, »zwei Leute von der

Guardia di Finanza gehen dort essen, am besten ein Mann und eine Frau, die so tun, als wären sie ein Paar. Sie essen und schauen sich um und sehen, das außer ihnen nur noch zwei andere Gäste im Lokal sind. Am nächsten Tag macht die Finanzpolizei eine Kontrolle, entdeckt, dass hundert Belege ausgestellt worden sind, und dann möchte ich hören, was die Betreiber dazu sagen.«

»Ganz so einfach ist das nicht«, warf ich ein. »Die beiden Finanzpolizisten gehen, sagen wir, abends um acht rein, aber soviel sie auch essen mögen, um neun müssen sie wieder raus, sonst fallen sie auf. Wer überprüft, ob die hundert Kunden nicht zwischen neun und zwölf gekommen sind? Also muss man mindestens drei oder vier Finanzpolizeipaare hinschicken, um den ganzen Abend abzudecken. Und was passiert, wenn dann am nächsten Morgen eine Kontrolle gemacht wird? Die Guardia di Finanza freut sich, wenn sie jemanden findet, der keine Belege ausgestellt hat, aber was kann sie machen, wenn jemand *zu viele* Belege ausgestellt hat? Er kann behaupten, die Kasse hätte sich verklemmt und endlos immer weiter gedruckt. Also was macht man, eine zweite Kontrolle? Diese Typen sind ja nicht dumm, sie haben die Polizisten erkannt, und wenn sie wiederkommen, stellen sie eben an diesem Abend keine falschen Belege aus. Die Finanzpolizei müsste die Kontrollen Abend für Abend und Tag für Tag wiederholen, ein halbes Heer zum Pizzaessen abordnen, und vielleicht könnten sie den Laden dann nach einem Jahr überführen, aber es ist auch denkbar, dass sie vorher aufhören, weil sie anderes zu tun haben.«

»Also bitte«, erwiderte Maia leicht pikiert, »es ist

schließlich Aufgabe der Finanzpolizei, Steuersünder zu finden. Wir müssen nur auf das Problem hinweisen.«

»Meine Liebe«, sagte Simei begütigend, »ich werde Ihnen sagen, was passiert, wenn wir diese Geschichte publizieren. Erstens haben wir dann die Guardia di Finanza gegen uns, der Sie vorwerfen, den Betrug die ganze Zeit nicht bemerkt zu haben – und diese Leute wissen sich zu rächen, wenn nicht an uns, dann am Commendatore. Zweitens, Sie sagen's ja selbst, haben wir die Triaden gegen uns, die Mafia, die Camorra, die 'Ndrangheta oder wer sonst das sein mag, und glauben Sie, die werden stillhalten? Und wir sitzen hier friedlich und warten, bis sie uns womöglich eine Bombe reinwerfen? Und schließlich, wissen Sie, was ich Ihnen sage? Unsere Leser werden begeistert sein, wenn sie erfahren, dass man gut und preiswert in einem Lokal mit Krimi-Atmosphäre essen kann, ›Paglia e Fieno‹ wird sich mit Einfaltspinseln füllen, und wir haben als einziges Resultat, dass der Laden brummt. Also ab damit in dem Papierkorb. Bleiben Sie ruhig und gehen Sie wieder an Ihre Horoskope.«

VII

Mittwoch, 15. April, abends

Maia war so enttäuscht, dass ich zu ihr ging, als sie den Raum verließ. Unwillkürlich fasste ich sie am Arm.

»Machen Sie sich nichts draus, Maia. Kommen Sie, ich begleite Sie nach Hause und unterwegs trinken wir was.«

»Ich wohne an den Navigli, dort gibt es viele kleine Bars, ich kenne eine, die macht den besten Bellini, meinen Lieblingscocktail. Danke.«

Wir kamen ins Viertel hinter der Porta Ticinese, und ich sah zum ersten Mal die Navigli. Natürlich hatte ich schon von ihnen gehört, aber ich dachte, sie wären längst alle zugeschüttet, und nun kam ich mir vor wie in Amsterdam. Maia erzählte mir nicht ohne Stolz, dass Mailand früher tatsächlich wie Amsterdam war, durchzogen von großen und kleinen Kanälen bis ins Zentrum. Es muss sehr schön gewesen sein, deswegen hatte es Stendhal so gefallen. Aber dann sind die Kanäle zugedeckt worden, aus hygienischen Gründen, und nur hinter der Porta Ticinese gibt es noch welche mit offenem, etwas fauligem Wasser, während früher sich hier die Wäscherinnen am Ufer reihten. Aber wenn man hinuntersteigt, findet man noch Ausgänge zu den alten Häusern. Und auch hier waren viele davon Häuser mit umlaufenden Balkonen.

Auch diese *Case di ringhiera* kannte ich nur vom Hörensagen oder von alten Fotos aus den fünfziger Jahren, die ich in meiner Zeit als Redakteur von Enzyklopädien gesehen hatte, und mir fiel Strehlers Inszenierung von Carlo Bertolazzis Arme-Leute-Drama *La povera gent* im Piccolo Teatro ein. Aber auch da dachte ich, es handele sich um Dinge aus dem 19. Jahrhundert.

Maia lachte auf. »Mailand ist immer noch voll von Häusern mit *ringhiera*, nur wohnen da heute nicht mehr die Armen. Kommen Sie, ich zeige Ihnen welche.« Sie führte mich in einen weitläufigen Innenhof. »Hier im Erdgeschoss ist alles renoviert, da gibt es kleine Antiquitätenläden – in Wahrheit sind es Trödler, die sich aufplustern und saftige Preise verlangen – und Ateliers von Künstlern auf der Suche nach Ruhm. Alles heute Angebot für Touristen. Aber die beiden Stockwerke oben sind noch ganz so wie früher.«

Die beiden Stockwerke waren tatsächlich umgeben von umlaufenden Balkonen mit Eisengeländern, zu denen sich Fenstertüren öffneten, und ich fragte, ob da manchmal auch Wäsche zum Trocknen aufgehängt wurde.

Maia lachte erneut. »Wir sind nicht in Neapel. Nein, hier ist fast alles renoviert, früher führten Treppen zu den Balkonen, und von dort ging man in die Wohnungen. Hinten gab es ein einziges Klo für mehrere Familien, ein Plumpsklo, an Dusche oder Bad war nicht zu denken. Heute ist alles neu gemacht für die Reichen, in manchen

Wohnungen gibt es sogar Jacuzzi-Whirlpools, und die kosten ein Vermögen. Zum Glück nicht da, wo ich wohne. Ich habe eine Zweizimmerwohnung, in der die Wände bei Regen feucht werden, und ich kann noch von Glück sagen, dass sie mir eine Nische für WC und Dusche gelassen haben, aber ich liebe das Viertel. Sicher werden sie auch da bald alles renovieren, und dann muss ich mir was Neues suchen, weil ich die Miete nicht mehr bezahlen kann. Es sei denn, *Domani* geht bald richtig los und etabliert sich. Deswegen ertrage ich all diese Demütigungen.«

»Nehmen Sie's nicht so persönlich, Maia, es ist doch klar, dass man in einer Aufbauphase diskutieren muss, was in die Zeitung reingehört und was nicht. Und Simei hat ja auch Verantwortlichkeiten, sowohl gegenüber der Zeitung als auch gegenüber dem Verleger. In Ihrem früheren Job, als Sie sich um die prominenten Liebschaften kümmerten, kam's vielleicht nicht so drauf an, aber hier ist es anders, wir machen hier eine Zeitung.«

»Deswegen hatte ich ja gehofft, diese Jagd nach prominenten Liebschaften hinter mir zu haben, ich wollte seriösen Journalismus machen. Aber ich bin wohl eine Versagerin. Ich habe meine Doktorarbeit abgebrochen, weil ich meinen Eltern helfen musste, und als sie gestorben waren, war es zu spät, um wieder anzufangen. Ich lebe in einem Loch, ich werde nie Sonderberichterstatterin für so etwas wie, sagen wir, den Golfkrieg … Was mache ich? Ich schreibe Horoskope, ich nehme leichtgläubige Einfaltspinsel auf den Arm. Ist das kein Versagen?«

»Wir haben doch gerade erst angefangen, wenn die Sache erst richtig läuft, wird eine wie Sie mehr zu tun haben.

Bisher haben Sie ein paar brillante Vorschläge gemacht, mir hat das gefallen, und ich glaube, es hat auch Simei gefallen.«

Ich merkte, dass ich sie anlog, ich hätte ihr sagen müssen, dass sie in eine Sackgasse geraten war, aus der es keinen Ausweg gab, dass man sie niemals als Berichterstatterin an den Persischen Golf schicken würde, dass es vielleicht besser wäre, wenn sie kündigte, ehe es zu spät ist, aber ich konnte sie nicht noch mehr entmutigen. Daher begann ich spontan, ihr die Wahrheit nicht über sie, sondern über mich zu sagen.

Und da ich im Begriff war, ihr mein Herz auszuschütten, wie es Dichter tun, ging ich unwillkürlich, fast ohne es zu merken, zum Du über.

»Schau mich an, so wie ich hier stehe: Auch ich habe meine Doktorarbeit abgebrochen, ich habe immer nur kleine Aushilfsarbeiten gemacht und bin erst mit geschlagenen Fünfzig in eine Zeitung geraten. Und weißt du, wann ich angefangen habe, wirklich ein Versager zu sein? Als ich anfing zu denken, dass ich ein Versager bin. Hätte ich nicht so viel darüber nachgegrübelt, wäre mir wenigstens ab und zu was gelungen.«

»Geschlagene Fünfzig? Das sieht man Ihnen … äh, das sieht man dir aber nicht an.«

»Du hättest mir wohl nur neunundvierzig gegeben?«

»Nein, entschuldige, du bist ein gutaussehender Mann, und wenn du uns Textbeispiele vorführst, merkt man, dass du auch Humor hast. Was ja ein Zeichen von Frische und Jugend ist …«

»Allenfalls ein Zeichen von Weisheit, also von Alter.«

»Nein, man merkt, dass du nicht wirklich glaubst, was du sagst, aber du hast offensichtlich akzeptiert, dich in dieses Abenteuer zu stürzen, und du machst es mit einem Zynismus ... wie soll ich sagen ... voller Freude.«

Zynismus voller Freude? Sie war eine Mischung aus Freude und Melancholie, und ihre Augen, die mich ansahen, waren ... wie hätte ein schlechter Schriftsteller gesagt? ... wie Rehaugen.

Rehaugen? Unsinn, es kam bloß daher, dass wir nebeneinander gingen und sie mich von unten her ansah, weil ich größer bin als sie. Das war alles. Jede Frau, die dich von unten her ansieht, wirkt wie Bambi.

Inzwischen waren wir bei ihrer kleinen Bar angelangt, sie schlürfte ihren Bellini und ich saß zufrieden vor meinem Whisky. Nach langer Zeit sah ich wieder mal eine Frau an, die keine Prostituierte war, und fühlte mich wie verjüngt.

Vielleicht war es der Alkohol, aber nun ließ ich den Vertraulichkeiten freien Lauf. Wie lange hatte nicht mehr vertraulich mit jemandem geredet? Ich erzählte ihr, dass ich schon einmal verheiratet war, aber von meiner Frau verlassen worden bin. Ich erzählte ihr, wie sie mich erobert hatte, nämlich als ich sie anfangs einmal wegen einer Dummheit, die ich begangen hatte, um Entschuldigung bat und anfügte, ich sei wohl dumm, und da sagte sie zu mir: Ich mag dich, auch wenn du dumm bist. Solche Sachen können einen schon liebeskrank machen, aber später hat sie dann gemerkt, dass ich dümmer war, als sie es ertragen konnte, und so kam das Ende.

Maia lachte (»Was für eine schöne Liebeserklärung,

ich mag dich, auch wenn du dumm bist!«), und dann erzählte sie mir, dass sie, obwohl sie jünger war und nie von sich gedacht hatte, dass sie dumm war, ebenfalls unglückliche Geschichten erlebt hatte, vielleicht weil sie die Dummheit der anderen nicht ertragen konnte oder vielleicht auch, weil ihr alle Gleichaltrigen unreif erschienen. »Als ob ich reif wäre! Da siehst du's, ich bin bald dreißig Jahre alt und noch immer allein. Wir können uns eben nie mit dem zufriedengeben, was wir haben.«

Dreißig Jahre? In Balzacs schönen Zeiten war eine Frau von dreißig Jahren schon verwelkt. Maia sah aus wie zwanzig, wären da nicht ein paar winzige Fältchen um die Augen gewesen, als hätte sie viel geweint oder sei lichtempfindlich und kneife an hellen Tagen immer die Augen zu.

»Es gibt keinen größeren Erfolg als die angenehme Begegnung zweier Versager«, erklärte ich und bereute es sofort.

»Blödmann!«, sagte sie mit einem reizendem Lächeln. Dann entschuldigte sie sich für diesen Exzess an Vertraulichkeit. »Nein, ich danke dir«, erwiderte ich. »Nie hat mich jemand so liebreizend Blödmann genannt.«

Ich merkte, ich war ein bisschen zu weit gegangen. Zum Glück wechselte sie schnell das Thema. »Die wollen hier unbedingt wie Harry's Bar aussehen«, sagte sie, »dabei wissen sie nicht mal, wie man die Hard-Liquor-Flaschen richtig aufstellt. Schau, da ist mitten zwischen den Whiskys ein Gordon Gin, während der Sapphire und der Tanqueray anderswo stehen.«

»Was, wo?«, fragte ich und schaute nach vorn, wo nur andere Tische waren. »Nein, nicht da«, sagte sie, »hinter dir an der Wand überm Tresen.« Ich drehte mich um. Sie hatte recht, aber wie konnte sie denken, dass ich sah, was sie sah? Dies war nur ein erster Vorläufer der Entdeckung, die ich später machen sollte, auch mit Hilfe des Lästermauls Braggadocio. Damals dachte ich noch nicht groß drüber nach und nutzte die Gelegenheit, um mir die Rechnung geben zu lassen. Ich sagte ihr noch ein paar tröstliche Worte und begleitete sie bis zu einem Toreingang, in dem man die Werkstatt eines Matratzenmachers sehen konnte. Offenbar gibt es noch Matratzenmacher, trotz der Fernsehwerbung für Wassermatratzen. Sie dankte mir, sagte lächelnd: »Jetzt fühle ich mich besser«, und gab mir die Hand. Sie fühlte sich warm und dankbar an.

Auf dem Nachhauseweg ging ich an den Kanälen jenes alten Mailand entlang, das Braggadocio zufolge so viel menschenfreundlicher war als das heutige. Ich musste diese Stadt besser kennenlernen, die so viele Überraschungen in petto hatte.

VIII

Freitag, 17. April

In den folgenden Tagen, als jeder von uns seine Hausauf-
gaben machte (wie wir das jetzt nannten), unterhielt uns
Simei mit Projekten, die vielleicht nicht unmittelbar be-
vorstanden, aber schon mal bedacht werden sollten.

»Ich weiß noch nicht, ob es für die Nummer 0/1 oder die
Nummer 0/2 relevant ist, obwohl wir bei der 0/1 noch viele
Seiten weiß haben, wobei ich nicht sage, dass wir mit sechzig
Seiten anfangen müssen wie der *Corriere*, aber wenigstens
vierundzwanzig sollten es schon sein. Bei einigen behelfen
wir uns mit Werbung, wobei es keine Rolle spielt, dass wir
niemanden haben, der sie uns in Auftrag gibt, wir nehmen
sie einfach aus anderen Zeitungen und tun so, als ob – und
derweil flößen wir unserem Verleger Vertrauen ein, denn er
sieht darin eine schöne künftige Einnahmequelle.«

»Auch eine Spalte mit Todesanzeigen muss rein«, schlug
Maia vor, »auch die bringen Geld. Lassen Sie mich die
erfinden. Ich liebe es, Leute mit fremdartigen Namen und
untröstlichen Hinterbliebenen sterben zu lassen, aber be-

sonders gefallen mir bei prominenten Toten die Trauer-
anzeigen von Leuten, denen weder der Verstorbene noch
seine Familie etwas bedeutete, die seinen Tod nur als Gelegenheit zu einem *name dropping* benutzen, um zu sagen:
Seht her, auch ich habe ihn gekannt.«

Wie üblich scharfsinnig. Aber nach dem Spaziergang
vorgestern abend hielt ich ein bisschen Abstand zu ihr,
und auch sie blieb etwas reserviert, wir fühlten uns wech-
selseitig irgendwie wehrlos.

»Gut, machen Sie die Todesanzeigen«, sagte Simei,
»aber erst wenn Sie mit den Horoskopen fertig sind. Ich
dachte allerdings an etwas anderes. Ich meinte die guten
alten Freudenhäuser. Ich erinnere mich noch an sie, ich
war 1958, als sie geschlossen wurden, schon erwachsen.«

»Und ich war gerade volljährig geworden«, sagte Braggadocio, »und hatte schon einige davon erkundet.«

»Ich meine nicht das Haus in der Via Chiaravalle, das
war ein richtiger Puff, mit Pissoir am Eingang, damit die
Truppe sich vorher erleichtern konnte …«

»… und mit unförmigen dicken Nutten, die breitbeinig
vorbeistolzierten und dabei den Soldaten und den erschro-
ckenen Provinzlern die Zunge rausstreckten, und mit der
Puffmutter, die rief: Los, Jungs, was steht ihr da rum und
glotzt …«

»Ich bitte Sie, Braggadocio, unter uns ist eine Dame!«

»Vielleicht schreiben Sie lieber«, schlug Maia ungerührt
vor, »wenn Sie das Thema behandeln: Hetären biblischen
Alters defilierten lässig und mit lasziver Mimik vorbei an
vor Lüsternheit bebenden Kunden …«

»So eher nicht, liebe Signorina Fresia, aber sicher wird

man eine passende Sprache finden müssen. Auch weil ich an die eher achtbaren Häuser gedacht habe, zum Beispiel an das in San Giovanni sul Muro, alles Jugendstil und voll von intellektuell anspruchsvollen Bildungsbürgern, die nicht wegen Sex dort hingingen – sagten sie –, sondern wegen des kunsthistorischen Wertes ...«

»Oder das in der Via Fiori Chiari, alles Art déco, mit bunten Kacheln und Fliesen«, sagte Braggadocio in einem nostalgisch versonnenem Ton. »Wer weiß, wie viele unserer Leser sich noch daran erinnern.«

»Und wer damals noch nicht volljährig war, hat sie in den Filmen von Fellini gesehen«, erinnerte ich, denn wenn man selber keine Erinnerungen hat, nimmt man sie aus der Kunst.

»Schreiben Sie den Artikel, Braggadocio«, sagte Simei, »machen Sie mir ein schön farbiges Stück à la *So schlimm war die gute alte Zeit gar nicht.*«

»Aber wozu sollen wir die Bordells wiederentdecken?«, fragte ich skeptisch. »Wenn es die alten Herren erregen mag, wird es die alten Damen empören.«

»Colonna«, sagte Simei, »ich will Ihnen etwas sagen. Nach der Schließung von 1958, Anfang der sechziger Jahre, hatte jemand das alte Haus in der Via Fiori Chiari gekauft und daraus ein Restaurant gemacht, ein sehr schickes mit all den bunten Kacheln. Aber man hatte ein oder zwei Kabinette erhalten und die Bidets vergoldet. Und was glauben Sie, wie viele erregte Damen ihre Gatten aufforderten, diese Kammern mit ihnen zu besuchen, um zu begreifen, was dort früher geschehen war ... Natürlich hat das nur eine Weile funktioniert, dann sind es auch die

Damen müde geworden, oder vielleicht war die Küche nicht auf der Höhe des Übrigen. Das Restaurant wurde geschlossen, und damit war die Geschichte zu Ende. Aber hören Sie zu, ich denke an eine Themenseite, links das Genrestück von Braggadocio, rechts ein Artikel über die Verwahrlosung der großen Ringstraßen, wo die Straßendirnen sich tummeln, so dass man abends nicht mit den Kindern hingehen kann. Kein Kommentar, um die beiden Phänomene miteinander zu verbinden, der Leser soll selbst seine Schlüsse ziehen, im innersten Herzen sind doch alle für ein Zurück zu den guten alten Freudenhäusern, die Frauen, damit ihre Männer nicht auf den Ringstraßen halten, um sich eine Nutte reinzuholen und das Auto mit billigem Parfum zu verpesten, und die Männer, um sagen zu können, sie seien nur wegen der schönen Architektur des Hauses gekommen, wegen der Kachelfarben und womöglich wegen des Jugendstils. Wer macht mir den Artikel über die Straßendirnen?«

Costanza sagte, er wolle es sich überlegen, und alle waren einverstanden; ein paar Nächte auf den Ringstraßen zu verbringen kostete zuviel Benzin, und außerdem riskierte man, einer Streife der Sittenpolizei zu begegnen.

An jenem Abend war ich beeindruckt von Maias Blick. Als wäre ihr aufgegangen, dass sie in eine Schlangengrube gefallen war. Darum überwand ich meine Scheu, wartete draußen, bis sie herauskam, blieb noch ein paar Minuten stehen und sagte zu den anderen, ich müsse ins Zentrum zu einer Apotheke – ich wusste ja, welchen Weg sie gehen würde –, und holte sie auf halber Strecke ein.

»Ich kündige, ich kündige«, rief sie fast heulend und völlig aufgelöst. »In was für eine Sorte von Zeitung bin ich da geraten? Meine prominenten Liebschaften hatten wenigstens niemandem wehgetan und höchstens die Perückenmacher für Damen bereichert, zu denen die Damen gingen, um meine Klatschblättchen zu lesen.«

»Maia, reg dich nicht so auf, Simei probiert verschiedene Sachen aus, es ist doch gar nicht gesagt, dass er all diese Dinge wirklich publizieren will. Wir sind in einer Experimentierphase, da werden Hypothesen erwogen, Szenarien entworfen, das ist doch eine schöne Erfahrung, und niemand hat von dir verlangt, dass du als Nutte verkleidet über die Ringstraßen läufst, um eine von denen zu interviewen. Heute Abend ist dir offenbar alles zuwider, hör auf, darüber nachzudenken. Was hältst du von einem Kinobesuch?«

»Das da zeigt einen Film, den ich schon gesehen habe.«

»Welches?«

»Das, an dem wir eben vorbeigegangen sind, auf der anderen Straßenseite.«

»Aber ich hab dich am Arm gehalten und dich angesehen, ich habe nicht auf die andere Straßenseite geschaut. Du bist schon 'ne komische Type, weißt du?«

»Du siehst nie, was ich sehe«, sagte sie. »Aber einverstanden, gehen wir ins Kino. Kaufen wir uns eine Zeitung und schauen, was es hier in der Gegend gibt.«

Wir sahen einen Film, von dem ich nichts in Erinnerung habe, denn als ich spürte, dass sie immer noch zitterte, nahm ich sie nach einer Weile bei der Hand, die sich immer noch warm und dankbar anfühlte, und so blieben wir sitzen wie zwei Verlobte, aber wie die von der Tafelrunde, die mit einem Schwert zwischen sich schlafen.

Als ich sie dann nach Hause begleitete – sie hatte sich ein bisschen beruhigt –, gab ich ihr einen brüderlichen Kuss auf die Stirn und einen leichten Klaps auf die Wange, wie es sich für alte Freunde geziemt. Schließlich, sagte ich mir, könnte ich ihr Vater sein.

Oder fast.

IX

In dieser Woche war die Arbeit nur langsam und mit großen Pausen vorangegangen. Niemand schien große Lust
darauf zu haben, auch Simei nicht. Und zwölf Nummern
in einem Jahr waren ja auch nicht eine Nummer pro Tag.
Ich las die ersten Entwürfe der Artikel, vereinheitlichte ihren Stil und bemühte mich, hochgestochene Ausdrücke zu
entfernen. Simei stimmte mir zu: »Meine Herrschaften,
wir machen hier Journalismus, nicht Literatur.«

»Ich hätte da eine Idee«, meldete sich Costanza zu Wort.
»Immer mehr greift doch jetzt diese neue Mode der Mobiltelefone um sich. Gestern im Zug hat jemand neben mir
lang und breit über seine Bankguthaben gesprochen, man
konnte alles darüber erfahren. Ich glaube, die Leute werden langsam verrückt. Man müsste mal über solche Mo-
den schreiben.«

»Die Sache mit den Mobiltelefonen«, erwiderte Simei,
»hat keine Zukunft. Erstens kosten sie so enorm viel, dass
nur sehr wenige sie sich leisten können. Zweitens werden

die Leute bald entdecken, dass es nicht unverzichtbar ist, ständig mit allen zu telefonieren, sie werden den Verlust des privaten Gesprächs von Angesicht zu Angesicht beklagen, und am Monatsende werden sie feststellen, dass ihre Telefonrechnung unerträgliche Höhen erreicht hat. Das ist eine Mode, die sich nach einem, spätestens zwei Jahren verbraucht haben wird. Nützlich sind diese Dinger doch nur für Ehebrecher, um Verabredungen zu treffen, ohne das häusliche Telefon zu benutzen, und vielleicht noch für Klempner, die jederzeit gerufen werden können, auch wenn sie unterwegs sind. Sonst für niemanden. Darum wird unsere Leserschaft, die in der Mehrheit kein Mobiltelefon hat, solch eine Modenkritik nicht interessieren, und den wenigen, die eins besitzen, wird sie egal sein, denn die halten sich sowieso für was Besseres, für die Elite.«

»Nicht nur das«, schaltete ich mich ein. »Bedenken Sie, dass Leute wie Rockefeller und Agnelli oder der Präsident der Vereinigten Staaten kein Mobiltelefon brauchen, weil sie Scharen von dienstbaren Geistern um sich haben, die sich um alles kümmern. Darum wird man nach einer Weile merken, dass nur die Subalternen es benutzen, die Ärmsten, die immer erreichbar sein müssen, für die Bank, damit sie ihnen sagen kann, dass sie ihr Konto überzogen haben, oder für den Chef, damit er kontrollieren kann, was sie gerade tun. So wird das Mobiltelefon allmählich zu einem Kennzeichen für soziale Inferiorität, und niemand will es mehr haben.«

»Da wäre ich nicht so sicher«, sagte Maia. »Das ist wie beim Prêt-à-porter oder bei der Kombination von T-Shirt und Jeans mit Seidenschal: Die können sowohl die feine

Dame der Oberschicht als auch die Proletin tragen, nur dass die zweite nicht weiß, wie man die Teile kombiniert, oder es für vornehm hält, nur brandneue Jeans zu tragen und die am Knie abgewetzten zu verschmähen, oder sie mit High Heels trägt, woran man sofort erkennt, dass sie keine Dame der Oberschicht ist. Aber sie selber merkt das nicht, und so trägt sie weiter zufrieden ihre schlecht kombinierten Sachen, ohne zu merken, dass sie damit ihr eigenes Urteil unterschreibt.«

»Und da sie wahrscheinlich *Domani* lesen wird, werden wir hingehen und ihr sagen, dass sie keine feine Dame ist. Und dass ihr Mann ein subalternes Würstchen oder ein Ehebrecher ist. Und dann erwägt womöglich unser Commendatore, seine Nase in die Fabrikation der Mobiltelefone zu stecken, und wir leisten ihm diesen schönen Dienst. Mit einem Wort, entweder ist das Thema irrelevant oder zu heiß. Lassen wir lieber die Finger davon. Das ist wie die Geschichte mit dem Computer. Hier hat der Commendatore eingewilligt, dass jeder von uns einen hat, und die sind ja bequem zum Schreiben und zum Archivieren von Daten, auch wenn ich zur alten Garde gehöre und nie weiß, welchen Knopf ich drücken muss. Aber die meisten unserer Leser sind wie ich und brauchen keinen Computer, weil sie keine Daten zu archivieren haben. Erzeugen wir in unserer Leserschaft keine Minderwertigkeitsgefühle.«

Nach dieser Absage an die Elektronik beschäftigten wir uns an jenem Tag mit einem schon mehrmals umgeschriebenen Artikel, und Braggadocio kritisierte die Wortwahl:

»Der Zorn Moskaus? Ist es nicht banal, immer so empha-
tische Ausdrücke zu benutzen: der Zorn des Präsidenten,
die Wut der Pensionäre und dergleichen?«

»Nein«, widersprach ich, »die Leser erwarten genau
diese Ausdrücke, alle Zeitungen haben sie daran gewöhnt.
Die Leser verstehen nur, was vorgeht, wenn man schreibt:
Hier geht es um Kopf und Kragen, uns erwarten Blut,
Schweiß und Tränen, der Weg geht stetig aufwärts, das
Weiße Haus ist zum Krieg bereit, Bush schießt aus der
Hüfte, für Bauchschmerzen ist hier kein Platz, das ist die
Ruhe vor dem Sturm, das Wasser steht uns bis zum Halse,
wir sind im Auge des Zyklons. Und der Minister ›sagt‹
nicht oder ›versichert‹ nicht, sondern er donnert. Und die
Ordnungskräfte haben professionell gehandelt.«

»Müssen wir wirklich immer das professionelle Handeln betonen?«, unterbrach mich Maia. »Hier arbeiten doch
alle professionell. Sicher handelt ein Maurermeister, der
eine Mauer hochzieht, die dann nicht einstürzt, professionell, aber hier sollte Professionalität doch die Norm
sein, und man sollte nur von dem stümperhaften Maurer
sprechen, dessen Mauer einstürzt. Sicher sage ich zu dem
Klempner, der meinen Abfluss wieder frei gemacht hat,
bravo und danke, aber ich sage nicht, Sie haben professionell gehandelt. Dieses dauernde Hervorheben der Professionalität, als ob sie etwas ganz Außerordentliches wäre,
weckt den Verdacht, dass die Norm Stümperei ist.«

»In der Tat«, fuhr ich fort, »die Leser denken, dass Stümperei die Norm ist und man deshalb professionelles Handeln hervorheben muss, das ist eine eher technische Art
zu sagen, dass alles gutgegangen ist. Die Carabinieri ha-

ben den Hühnerdieb gefasst? Sie haben professionell gehandelt.«

»Aber das ist wie die Rede vom ›guten Papst‹. Sie nimmt als gegeben, dass die früheren Päpste schlecht waren.«

»Vielleicht meinen die Leute das ja, sonst hätten sie nicht spontan vom guten Papst geredet. Haben Sie jemals ein Foto von Pius XII. gesehen? In einem James-Bond-Film hätte er den Bösewicht spielen können.«

»Aber dass Johannes XXIII. der gute Papst war, haben zuerst die Medien geschrieben, und dann haben die Leute es nachgeplappert.«

»Richtig. Die Zeitungen lehren die Leute, wie sie denken sollen«, mischte Simei sich ein.

»Aber wie nun, *folgen* die Zeitungen dem, was die Leute meinen, oder sind sie die Meinungs*macher*?«

»Beides, Signoria Fresia. Die Leute wissen zuerst nicht, was sie wollen, dann sagen wir's ihnen, und sie merken, dass sie es längst gewollt hatten. Aber verlieren wir uns nicht in philosophische Diskussionen und handeln wir professionell. Los, machen Sie weiter, Colonna.«

»Gut«, fuhr ich fort, »hier ist der Rest meiner unvollständigen Liste stehender Redewendungen: Ins Visier der Ermittler geraten, gegen jemand zu Felde ziehen, zwei Übeln zugleich abhelfen, die denkbar schlechteste Wendung nehmen, das Licht am Ende des Tunnels, der Silberstreifen am Horizont, wir bleiben auf der Hut, ein schwer zu ziehender Zahn, der Wind weht, wo er will, das Fernsehen nimmt sich den Löwenanteil und lässt uns nur Krümel, ein starkes Signal senden, ein Ohr für den Markt haben, etwas wieder ins Lot bringen, den Teufel mit Beelzebub austreiben, das ganz große Rad drehen, das Kind mit dem Bade ausschütten, wie ein schmerzhafter Dorn im Fleisch sitzen, das Imperium schlägt zurück … Und vor allem um Entschuldigung bitten. Die anglikanische Kirche bittet Darwin um Entschuldigung, der Staat Virginia entschuldigt sich für die Sklaverei, die ENEL bittet um Entschuldigung für die Stromausfälle, die kanadische Regierung hat sich offiziell bei den Inuit entschuldigt. Man darf nicht sagen, die Kirche hat ihre früheren Ansichten über die Rotation der Erde revidiert, man muss sagen, der Papst entschuldigt sich bei Galilei.«

Maia klatschte in die Hände und sagte: »Stimmt, und ich habe nie kapiert, ob diese Welle von Entschuldigungen ein Ausdruck von Demut oder eher von besonderer Unverschämtheit ist: Man tut etwas, was man nicht tun sollte, dann bittet man um Entschuldigung und wäscht sich die Hände. Hier fällt mir der alte Witz von dem Cowboy ein, der durch die Prärie reitet: Plötzlich ertönt eine Stimme vom Himmel, die ihm befiehlt, nach Abilene zu reiten, in Abilene sagt dann die Stimme, er solle in den Saloon gehen, dann im Saloon, er solle sein ganzes Geld beim Roulette auf die Fünf setzen, der Cowboy gehorcht der himmlischen Stimme, es gewinnt die Achtzehn, und die Stimme knurrt: Schade, wir haben verloren.«

Wir lachten, aber dann wandten wir uns anderem zu. Es ging darum, den Artikel von Lucidi über die Schmiergeldaffäre in dem Mailänder Altenheim Pio Albergo Trivulzio kritisch zu lesen, womit wir gut eine halbe Stunde beschäftigt waren. Am Ende, als Simei in einem Anfall von

Großzügigkeit aus der Bar unten Kaffee für alle kommen ließ, beugte sich Maia, die zwischen mir und Braggadocio saß, zu mir herüber und sagte leise: »Aber ich würde auch das Gegenteil machen. Ich meine, wenn die Zeitung für ein höher entwickeltes Publikum gedacht wäre, würde ich gerne eine Rubrik zu machen, die das Gegenteil bringt.«

»Sie meinen, das Gegenteil von Lucidi?«, fragte Braggadocio argwöhnisch.

»Aber nein, wo denken Sie hin? Ich meine das Gegenteil von stehenden Wendungen und Gemeinplätzen.«

»Von denen haben wir vor mehr als einer halben Stunde gesprochen«, sagte Braggadocio.

»Ja gut, aber ich habe weiter daran gedacht.«

»Wir nicht«, erwiderte Braggadocio trocken.

Maia schien nicht betroffen, im Gegenteil, sie sah uns an, als hätten wir einen Gedächtnisverlust erlitten. »Ich meine das Gegenteil von ›im Auge des Zyklons‹ und vom Minister, der donnert. Zum Beispiel: Venedig ist das Amsterdam des Südens, manchmal stellt die Phantasie die Wirklichkeit in den Schatten, selbstredend bin ich Rassistin, schwere Drogen sind der Einstieg in den Marihuana-Konsum, benehmen Sie sich, als wären Sie bei mir zu Hause, ich darf doch Sie zu Ihnen sagen, ich bin wieder kindisch geworden, aber noch nicht alt, für mich ist das Arabische Mathematik, der Erfolg hat mich verändert, im Grunde hat Mussolini auch viele Dummheiten gemacht, Paris ist hässlich, aber die Pariser sind sehr nett, in Rimini sind alle am Strand und niemand geht in die Diskothek …«

»Ja, und ganze Pilze vergiftet von einer Familie. Aber woher haben Sie all diese Verdrehungen«, fragte Braggadocio, als wäre er der Großinquisitor beim Verhör eines Ketzers.

»Einige stehen in einem kleinen Buch, das vor ein paar Monaten erschienen ist«, sagte Maia. »Aber entschuldigen Sie mich, für *Domani* sind die gewiss nicht brauchbar. Ich finde nie was. Vielleicht sollten wir jetzt für heute Schluss machen.«

»Hör mal«, sagte Braggadocio hinterher zu mir. »Komm ein Stück mit, ich muss dir unbedingt was erzählen. Ich habe etwas herausgefunden, und ich platze, wenn ich es nicht loswerde.«

Eine halbe Stunde später saßen wir erneut in der Taverna Moriggi. Auf dem Weg dorthin hatte Braggadocio mir noch nichts von seiner Entdeckung verraten wollen, er hatte nur kurz gesagt: »Du wirst ja bemerkt haben, woran Maia leidet. Sie ist eine Autistin.«

»Autistin? Aber Autisten bleiben doch in sich verschlossen ohne zu kommunizieren. Wieso soll sie eine Autistin sein?«

»Ich habe von einem Experiment über die ersten Symptome des Autismus gelesen. Angenommen, in einem Zimmer befinden sich Pierino, ein autistisches Kind, und wir beide. Du forderst mich auf, eine kleine Glaskugel zu verstecken und dann rauszugehen. Ich tue die Kugel in einen Krug und gehe. Wenn ich draußen bin, holst du die Kugel aus dem Krug und legst sie in eine Schublade. Dann fragst du Pierino: Wenn Signor Braggadocio zurückkommt, wo wird er die Kugel dann suchen? Und Pierino wird sagen: Na, in der Schublade, oder? Das heißt, Pierino denkt nicht daran, dass die Kugel für mich noch in der Vase ist, denn für ihn ist sie ja jetzt in der Schublade. Pierino kann sich nicht in andere hineinversetzen, er meint, dass alle dasselbe denken und fühlen wie er.«

»Aber das ist nicht Autismus.«

»Ich weiß nicht, was es ist, vielleicht eine Frühform von Autismus, so wie die Übelnehmerei eine Frühform von Paranoia ist. Aber Maia hat es, ihr fehlt die Fähigkeit, sich auf den Standpunkt der anderen zu stellen, sie denkt, dass alle so denken wie sie. Hast du nicht neulich gesehen, an einem bestimmten Punkt sagte sie plötzlich: ›Der hat doch damit gar nichts zu tun‹, und damit meinte sie jemanden, von dem wir vor einer Stunde gesprochen hatten. Sie hatte die ganze Zeit weiter an ihn gedacht, oder er war ihr plötzlich wieder eingefallen, aber sie kam nicht auf den Gedanken, dass wir längst bei ganz anderen Themen waren. Sie ist ein bisschen verrückt, das sage ich dir. Und du schaust sie an, wenn sie spricht, als wäre sie ein Orakel …«

Ich hielt das für Unsinn und erwiderte knapp: »Orakelverkünder sind immer verrückt. Sie ist vielleicht eine Nachfahrin der Sibylle von Cumae.«

Wir gelangten zu der Taverne, und nun fing Braggadocio zu reden an.

»Ich habe eine Sensation in der Hand, einen echten Scoop, der unserer Zeitung eine Riesenauflage bescheren würde, wenn sie schon auf dem Markt wäre. Und darum hätte ich gern deinen Rat. Was meinst du: Soll ich meine Entdeckung Simei geben oder versuchen, sie an eine richtige Zeitung zu verkaufen? Es ist Dynamit, es geht um Mussolini.«

»Klingt nicht gerade sehr aktuell.«

»Aktuell ist daran die Entdeckung, dass wir bis heute belogen worden sind, von einigen, von vielen, eigentlich von allen.«

»In welchem Sinne?«

»Das ist eine lange Geschichte, bisher habe ich nur eine Hypothese, und ohne das Auto kann ich nicht an die Orte fahren, wo ich die noch lebenden Zeugen befragen müsste. Aber beginnen wir mit den Fakten, die wir alle kennen, dann sage ich dir, warum meine Hypothese stimmen könnte.«

Braggadocio fasste in groben Zügen zusammen, was er die gängige Version der Geschichte nannte, die jedoch, wie er sagte, zu einfach sei, um wahr zu sein.

Also, April 1945: Die Alliierten haben die Gotenlinie durchbrochen und rücken auf Mailand vor, der Krieg ist inzwischen verloren, am 18. April verlässt Mussolini seine Republik am Gardasee und kommt nach Mailand, wo er sich in die Präfektur zurückzieht. Er berät sich noch mit seinen Ministern über einen möglichen Widerstand im Veltlin, aber er ist aufs Ende vorbereitet. Zwei Tage später gewährt er das letzte Interview seines Lebens dem letzten seiner Getreuen, Gaetano Cabella, dem Direktor des letzten faschistischen Blattes *Popolo di Alessandria*. Am 22. April hält er seine letzte Rede vor Offizieren der faschistischen Guardia Nazionale Repubblicana, in der er sagt: »Wenn das Vaterland verloren ist, ist es sinnlos weiterzuleben.«

In den folgenden Tagen erreichen die Alliierten Parma, zugleich wird Genua befreit, und am Morgen des schicksalhaften 25. April besetzen die Arbeiter ihre Fabriken in Sesto San Giovanni. Am Nachmittag wird Mussolini zusammen mit einigen seiner Getreuen, darunter General Graziani, im Erzbischöflichen Palais von Kardinal Schuster empfangen, der ihn mit einer Delegation des Nationalen Befreiungskomitees CLN zusammenbringt. Es heißt, am Ende des Treffens sei Sandro Pertini, der sich verspätet hatte, Mussolini auf der Treppe begegnet, aber das ist vielleicht eine Legende. Das CLN verlangt bedingungslose Kapitulation und weist darauf hin, dass sogar die Deutschen begonnen haben, mit ihm zu verhandeln. Die Faschisten (die letzten sind immer die stursten) lehnen es ab, sich auf so schändliche Weise zu ergeben, sie verlangen Bedenkzeit und gehen.

Am Abend können die Anführer der Resistenza nicht länger auf den Beschluss ihrer Gegner warten und geben das Signal zum allgemeinen Aufstand. Daraufhin flieht Mussolini mit einem Konvoi seiner Getreuesten nach Como.

In Como war bereits seine Frau Rachele mit den Kindern Romano und Anna Maria eingetroffen, aber unerklärlicherweise lehnt Mussolini es ab, sie zu sehen.

»Warum?«, fragte Braggadocio rhetorisch. »Weil er vorhatte, sich dort mit seiner Geliebten Claretta Petacci zu treffen? Aber wenn die noch nicht da war, was hätte es ihn gekostet, zehn Minuten mit seiner Familie zu verbringen? Merk dir diesen Punkt, denn hier habe ich angefangen, Verdacht zu schöpfen.«

Como scheint Mussolini eine sichere Basis zu sein, weil er glaubt, dass nur wenige Partisanen in der Gegend sind und er sich dort verstecken kann, bis die Alliierten kommen. Tatsächlich war dies das wahre Problem Mussolinis: nicht in die Hände der Partisanen zu fallen, sondern sich den Alliierten zu ergeben, von denen er sich einen regulären Prozess und Schonung erhoffte. Oder vielleicht glaubte er auch, dass er von Como aus ins Veltlin gelangen könnte, wo einige seiner Getreuesten wie Pavolini ihm versicherten, dass sie einen starken Widerstand mit ein paar tausend Mann organisieren könnten.

»Aber nun verlässt er Como. Und erspare mir das Hin und Her der Bewegungen seines verdammten Konvois, ich steige da selber nicht durch, und für die Ziele meiner Recherche ist es auch egal, welche Strecken sie im einzelnen gefahren sind. Sagen wir, sie fahren nach Menaggio, vielleicht um von dort in die Schweiz zu gelangen, dann kommen sie nach Cardano, wo die Petacci zu ihnen stößt, und da taucht eine deutsche Eskorte auf, die angeblich Hitler persönlich beauftragt hat, seinen Freund Mussolini nach Deutschland zu bringen, in Chiavenna soll schon ein Flugzeug warten, um ihn nach Bayern zu fliegen. Aber jemand behauptet, von hier nach Chiavenna zu fahren sei ganz unmöglich, der Konvoi fährt zurück nach Menaggio, in der Nacht trifft Pavolini ein, der militärische Hilfe versprochen hatte, aber nur acht bis zehn Angehörige der faschistischen Guardia Nazionale Repubblicana mitbringt. Der Duce fühlt sich in die Enge getrieben, von wegen Widerstand im Veltlin, ihm bleibt nichts anderes übrig, als sich mit seinen Getreuen und deren Angehörigen einer deutschen Kolonne anzuschließen, die im Begriff ist, die Alpen nach Norden zu überqueren. Es handelt sich um achtundzwanzig Mannschaftswagen voller Soldaten, mit einem MG auf jedem Wagen, sowie eine Kolonne von Italienern, bestehend aus einem Panzerwagen und zehn zivilen Fahrzeugen. Aber in dem Ort Musso, noch vor Dongo, stößt die Kolonne auf die Männer der Abteilung Puecher der 52. Garibaldi-Brigade. Es sind bloß eine Handvoll Partisanen, der Kommandant ist ›Pedro‹, im zivilen Leben Graf Pier Luigi Bellini delle Stelle, und der politische Kommissar ist ›Bill‹, im zivilen Leben Urbano Lazzaro. Pedro ist waghalsig und versucht es mit einem Bluff. Er lässt die Deutschen glauben, in den Bergen ringsum wimmele es von Partisanen, er droht, sie mit Mörsern beschießen zu lassen, die in Wirklichkeit noch in deutscher Hand sind, er merkt, dass zwar der Kommandeur hart zu bleiben versucht, aber seine Soldaten schon Angst bekommen und nur noch möglichst schnell umkehren wollen, er verschärft den Ton … Kurz, nach einigem Hin und Her mit enervierenden Verhandlungen, die ich dir erspare, bringt Pedro die Deutschen dazu, sich nicht nur zu ergeben, sondern auch die Italiener im Stich zu lassen, die sich die ganze Zeit im Hintergrund gehalten haben. Nur unter dieser Bedingung dürfen die Deutschen nach Dongo weiterfahren, wo sie jedoch gestoppt und einer gründlichen Durchsuchung unterzogen werden. Kurz, die Deutschen haben sich gegenüber ihren italienischen Verbündeten schurkisch verhalten, aber die eigene Haut ist nun mal die eigene Haut.«

Pedro hat verlangt, dass die Italiener ihm überlassen werden, nicht nur weil er sicher ist, dass es sich um faschistische Bonzen handelt, sondern auch weil gemunkelt wird, Mussolini persönlich könnte unter ihnen sein. Pedro kann es nicht recht glauben, er verhandelt mit dem Befehlshaber des Panzerwagens, einem Signor Barracu, Untersekretär des Präsidenten des Ministerrates (der verblichenen Republik von Salò), einem Kriegsversehrten mit Goldmedaille auf der Brust, der im Grunde einen guten Eindruck auf ihn macht. Dieser Barracu sagt, er würde gerne nach Triest weiterfahren, um die Stadt vor der jugoslawischen Invasion zu retten, und Pedro gibt ihm höflich zu verstehen, dass er verrückt sei, er würde es nie bis Triest schaffen und wenn doch, dann würden sich seine paar Soldaten dort der Armee von Marschall Tito gegenübersehen. Daraufhin verlangt Barracu, ihn kehrtmachen zu lassen, um sich Gott weiß wo mit Graziani zu treffen. Pedro erlaubt es ihm schließlich (nachdem er den Panzerwagen durchsucht und sich vergewissert hat, dass Mussolini nicht darin sitzt), da er keinen Einsatz von Schusswaffen riskieren will, der die Deutschen zurücklocken könnte, doch er befiehlt seinen Leuten zu kontrollieren, ob der Panzerwagen auch wirklich zurückfährt, und sollte er auch nur zwei Meter vorwärts fahren, solle man das Feuer eröffnen. Es passiert dann, dass der Panzerwagen einen Satz nach vorn macht und dabei einen Schuss abgibt, oder vielleicht ist er auch bloß ein Stück vorgefahren, um besser rückwärtsfahren zu können, wer weiß, wie es wirklich war, die Partisanen werden nervös und eröffnen das Feuer, kurzer Schusswechsel, zwei Faschisten sind tot und zwei Partisanen verletzt, und am Ende werden sowohl die Insassen des Panzerwagens als auch die der zivilen Autos verhaftet.

Darunter Pavolini, der zu fliehen versucht, in den See springt, aber zurückgeholt und zu den anderen gebracht wird, triefend nass wie ein begossener Pudel.

Zu diesem Zeitpunkt erhält Pedro eine Nachricht von Bill aus Dongo. Während sie dort die Fahrzeuge der deutschen Kolonne durchsuchten, habe ihn ein Partisan namens Giuseppe Negri gerufen und gesagt: *Ghè chi el Crapun*, was lombardisch ist und soviel heißt wie: »Hier ist der Großkopfete«, womit er meinte, dass ein sonderbarer Soldat mit Helm auf dem Kopf und dunkler Sonnenbrille und hochgeschlagenem Mantelkragen kein anderer sei als Mussolini. Bill geht nachsehen, der sonderbare Soldat stellt sich dumm, aber schließlich wird er enttarnt, und es ist tatsächlich der Duce. Bill weiß nicht recht, was er tun soll, und um dem historischen Augenblick gerecht zu werden, sagt er: »Im Namen des italienischen Volkes, ich verhafte Sie.« Danach bringt er ihn ins Rathaus.

Unterdessen hat man in Musso unter den zivilen Wagen der Italiener einen entdeckt, in dem zwei Frauen, zwei Kinder und ein Mann sitzen, der behauptet, spanischer Konsul zu sein und eine wichtige Verabredung in der Schweiz zu haben, mit einem nicht weiter präzisierten britischen Agenten, aber seine Papiere sind offensichtlich falsch, und er wird unter lautem Protest in Haft genommen.

Pedro und die Seinen erleben einen historischen Moment, aber zuerst scheint ihnen das noch nicht recht bewusst zu sein, sie sind nur damit beschäftigt, die öffentliche Ordnung aufrechtzuerhalten, einen Lynchmord zu verhindern, den Gefangenen zu versichern, dass ihnen kein Haar gekrümmt wird und dass man sie der italienischen Regierung übergeben werde, sobald das möglich sein würde. Tatsächlich gelingt es Pedro am Nachmittag des 27. April, die Nachricht von Mussolinis Verhaftung telefonisch nach Mailand durchzugeben, und nun tritt das CLN in Aktion, das soeben ein Telegramm der Alliierten erhalten hat mit der Aufforderung, ihnen den Duce und alle Mitglieder seiner Regierung der Republik von Salò zu übergeben, gemäß einer Klausel des Anfang September 1943 von Marschall Badoglio und General Eisenhower unterschriebenen Waffenstillstands (»Benito Mussolini und seine wichtigsten faschistischen Verbündeten ... die sich jetzt oder in Zukunft auf vom alliierten Militärkommando oder von der italienischen Regierung kontrolliertem Boden befinden, sind sofort zu verhaften und den Streitkräften der Vereinten Nationen zu übergeben«). Und angeblich steht auf dem Flughafen von Bresso schon eine Maschine bereit, um den Diktator abzuholen. Das CLN ist überzeugt, dass Mussolini, wenn er sich erst einmal in den Händen der Alliierten befindet, mit heiler Haut davonkommt, er wird vielleicht für ein paar Jahre irgendwo in eine Festung gesperrt, aber danach wieder auf die Bühne zurückkehren können. Luigi Longo, der im CLN die Kommunisten repräsentiert, drängt darauf, Mussolini sofort zu liquidieren, egal wie, ohne Prozess und ohne großes Brimborium über den historischen Moment. Und die Mehrheit des Komitees ist der Meinung, dass Italien jetzt dringend ein konkretes Symbol braucht, um zu begreifen, dass die zwanzig Jahre faschistischer Herrschaft nun wirklich vorbei sind: den toten Körper des Duce. Außerdem fürchtet sie nicht nur, dass die Alliierten Mussolini unter ihre Fittiche nehmen, sondern auch, dass er, wenn nicht bekannt ist, welches Ende er genommen hat, als körperloses, aber beunruhigendes Phantom lebendig bleibt, ähnlich dem legendären Kaiser Barbarossa in seiner Höhle, bereit zur Inspiration jeder Phantasie einer Wiederkehr.

»Und du wirst gleich sehen, ob die in Mailand nicht recht hatten … Allerdings waren nicht alle derselben Meinung: Unter den Mitgliedern des CLN neigte General Cadorna dazu, den Alliierten ihren Wunsch zu erfüllen, aber er wurde überstimmt und das Komitee beschloss, ein Kommando nach Como zu schicken, um die Exekution Mussolinis vorzunehmen. Und geleitet wurde dieses Kommando – immer der gängigen Version zufolge – von einem linientreuen Kommunisten, Oberst Valerio, sowie dem politischen Kommissar Aldo Lampredi. Ich erspare dir die vielen alternativen Hypothesen, zum Beispiel, dass die Hinrichtung nicht von Valerio, sondern von einer bedeutenderen Persönlichkeit vollzogen worden sei. Es wurde sogar gemunkelt, der wahre Henker sei ein Sohn von Giacomo Matteotti gewesen, sozusagen als Rache für die Ermordung seines Vaters vor zwanzig Jahren, oder Aldo Lampredi selbst habe geschossen, der eigentliche Kopf des Kommandos. Und so weiter. Aber bleiben wir ruhig bei dem, was 1947 enthüllt worden ist, nämlich dass Valerio im zivilen Leben der Buchhalter Walter Audisio war, der später als Held gefeiert und als Abgeordneter der Kommunistischen Partei ins Parlament gewählt wurde. Für meine Hypothese spielt es keine Rolle, ob der Henker nun Valerio oder ein anderer war, es ändert nichts an ihrem

Kern, und so sprechen wir ruhig weiter von Valerio. Also: Valerio bricht mit einem Trupp seiner Leute nach Dongo auf. Dort hat Pedro inzwischen beschlossen, ohne von der unmittelbar bevorstehenden Ankunft Valerios zu wissen, Mussolini zu verstecken, da er fürchtet, dass herumstreifende faschistische Kommandos ihn zu befreien versuchen. Und damit der Ort des Verstecks geheim bleibt, lässt er den Gefangenen zunächst auf eine diskrete, aber doch nicht ganz unbemerkbare Weise ein Stück weiter nördlich in die Berge verlegen, in die Kaserne der Guardia di Finanza von Germasino. Von dort sollte der Duce dann nachts an einen anderen, diesmal nur ganz wenigen bekannten Ort in der Nähe von Como verlegt werden.«

In Germasino hat Pedro Gelegenheit, ein paar Worte mit dem prominenten Gefangenen zu wechseln, der ihn bittet, Grüße an eine Dame auszurichten, die in dem Wagen mit dem spanischen Konsul saß, und nach einigem Zögern gibt er zu, dass es sich um Claretta Petacci handelt. Pedro geht hin und spricht mit ihr, sie versucht zuerst noch, sich für eine andere auszugeben, aber dann kapituliert sie und erleichtert sich, indem sie von ihrem Leben an der Seite des Duce erzählt und flehentlich darum bittet, mit dem Geliebten wiedervereint zu werden. Was Pedro schließlich, berührt von diesem menschlichen Schicksal, nach kurzer Beratung mit seinen Leuten gestattet. So kommt es, dass die Petacci mit dabei ist, als Mussolini nachts in das neue Versteck gebracht wird – das der kleine Zwei-Wagen-Konvoi jedoch nie erreicht, da er unterwegs die Nachricht erhält, dass die Alliierten bereits in Como sind und dort die letzten faschistischen Oppositionsnester liquidieren. Also macht er kehrt und fährt wieder nach Norden. In Azzano, einem Ortsteil von Mezzegra, hält er an, und nach einem kurzen Fußweg werden die Flüchtigen von einer vertrauenswürdigen Bauernfamilie namens De Maria empfangen, in deren Haus Mussolini und die Petacci ein kleines Zimmer mit Doppelbett zugewiesen bekommen.

Pedro weiß noch nicht, dass er Mussolini in dieser Nacht zum letzten Mal gesehen hat. Er fährt nach Dongo zurück, und dort trifft auf der Piazza ein Militärlaster voller Bewaffneter in nagelneuen Uniformen ein, die eindrucksvoll mit den zerschlissenen und geflickten Klamotten seiner Partisanen kontrastieren. Die Neuankömmlinge treten vor dem Rathaus an, ihr Anführer stellt sich vor als Oberst Valerio, Sonderbeauftragter des Oberkommandos der Freiwilligen Freiheitskämpfer (CVL), legt einwandfreie Beglaubigungsschreiben vor und erklärt, er sei ausgesandt worden, um die Gefangenen zu erschießen, alle. Pedro versucht sich zu widersetzen und verlangt, dass die Gefangenen denen übergeben werden, die einen ordentlichen Gerichtsprozess garantieren können, doch Valerio pocht auf seinen Dienstgrad, lässt sich die Liste der Gefangenen geben und macht hinter jedem Namen ein schwarzes Kreuz. Pedro sieht, dass auch Claretta Petacci zum Tode verurteilt worden ist, hält dagegen, dass es sich bloß um die Geliebte des Diktators handelt, doch Valerio erwidert, so seien nun mal die Befehle des Oberkommandos in Mailand.

»Und merk dir auch diesen Punkt, er geht ganz klar aus den Memoiren von Pedro hervor. Denn in einer anderen Version sagt Valerio später, die Petacci habe sich an ihren

Geliebten geschmiegt, er habe sie aufgefordert, zur Seite treten, sie habe nicht gehorcht, und da sei sie eben mit Mussolini zusammen erschossen worden, sozusagen aus Versehen oder im Übereifer. Es stimmt zwar, dass auch sie zum Tode verurteilt war, aber darum geht es hier nicht, der Punkt ist, dass Valerio verschiedene Geschichten erzählt und wir ihm nicht trauen können.«

Es folgen einige wirre Ereignisse: Informiert über die Anwesenheit des angeblichen spanischen Konsuls, will Valerio ihn sehen, er spricht ein paar Worte Spanisch mit ihm, und der Mann weiß nichts zu antworten, offenbar ist es mit seinem Spanisch nicht weit her. Valerio knöpft ihn sich schärfer vor, versetzt ihm ein paar kräftige Ohrfeigen, identifiziert ihn als Vittorio Mussolini, den Sohn des Duce, und fordert Bill auf, ihn ans Ufer des Sees zu bringen und zu erschießen. Während der Fahrt erkennt ihn jedoch jemand als Marcello Petacci, den Bruder von Claretta, und Bill bringt ihn zurück, aber vergeblich, denn als Petacci von Diensten phantasiert, die er Italien geleistet habe, von Geheimwaffen, die er entdeckt und vor Hitler verborgen habe, setzt Valerio auch ihn auf die Liste der zum Tode Verurteilten.

Kurz darauf begibt sich Valerio mit seinen Leuten zum Haus der Familie De Maria, holt Mussolini und seine Geliebte ab und bringt sie im Auto zu einem abgelegenen Sträßchen in Giulino, einem Ortsteil der Gemeinde Mezzegra, wo er sie vor dem Eingangstor einer Villa aussteigen lässt. Wie es scheint, hatte Mussolini bisher geglaubt, Valerio sei gekommen, um ihn zu befreien, aber nun begreift er, was ihn erwartet. Valerio drängt ihn vor das Eisengitter der Villa und liest ihm das Urteil vor, wobei er versucht (wie er später sagt), ihn von Claretta zu trennen, die sich verzweifelt an ihren Geliebten klammert. Valerio versucht zu schießen, seine Maschinenpistole klemmt, er lässt sich von Lampredi eine andere geben und feuert fünf Schüsse auf den Verurteilten ab. Später sagt er, die Petacci habe sich plötzlich in die Schussbahn geworfen und sei irrtümlich erschossen worden. Es ist der 28. April.

»Aber dies alles wissen wir nur durch die Aussagen von Valerio. Ihm zufolge ist Mussolini wie ein menschliches Wrack gestorben, späteren Legenden zufolge hat er jedoch seinen Militärmantel aufgeschlagen und gerufen: Zielt auf das Herz! Was wirklich in jenem Sträßchen vor der Villa geschehen ist, weiß niemand außer denen, die dabei waren, und die sind später von der Kommunistischen Partei manövriert worden.«

Valerio fährt zurück nach Dongo und organisiert die Erschießung aller anderen faschistischen Bonzen. Barracu bittet darum, nicht in den Rücken geschossen zu werden, aber er wird zu den anderen zurückgestoßen, Valerio reiht auch Petacci unter sie ein, aber alle protestieren, weil sie ihn als Verräter betrachten, und wer weiß, was er angestellt hat. So wird entschieden, ihn später gesondert zu füsilieren. Nachdem die anderen gefallen sind, reißt Petacci sich los und rennt zum See, wird ergriffen, kann sich aber nochmals befreien und stürzt sich ins Wasser. Er schwimmt verzweifelt und wird schließlich durch MG-Salven und Gewehrschüsse erledigt. Später lässt Pedro, der nicht gewollt hatte, dass seine Leute an der Erschießung teilnahmen, die Leiche aus dem Wasser fischen und auf denselben Lkw legen, auf den Valerio die Leichen der anderen hat laden lassen. Der Lkw fährt nach Giulino, um auch die Leichen des Duce und der Petacci aufzuladen. Dann ab nach Mailand, wo sie am nächsten Tag alle auf dem Piazzale Loreto kopfüber aufgehängt werden, genau an der Stelle, wo fast ein Jahr zuvor die Leichen der füsilierten Partisanen ausgestellt worden waren – und die faschistischen Milizen sie den ganzen Tag lang in der Sonne hatten liegenlassen, ohne den Angehörigen zu gestatten, ihre sterblichen Reste zu bergen.

An diesem Punkt fasste mich Braggadocio am Arm und drückte so heftig, dass ich mich mit einem Ruck losriss. »Entschuldige«, sagte er, »aber ich komme jetzt zum Kern meiner Hypothese. Hör zu: Das letzte Mal, dass Mussolini in der Öffentlichkeit von Leuten, die ihn kannten, gesehen worden war, war am Nachmittag des 27. April im Erzbischöflichen Palais von Mailand gewesen. Danach war er nur noch mit seinen Getreuesten unterwegs, und seit er von den Deutschen aufgriffen und dann von den Partisanen verhaftet worden war, hatte keiner von denen, die mit ihm zu tun hatten, ihn vorher persönlich kennengelernt, sondern nur auf Fotos oder in Propagandafilmen gesehen, und die Fotos der letzten zwei Jahre hatten ihn so abgemagert und ermattet gezeigt, dass man sich fragte, ob das wirklich noch *Er* war. Ich habe dir von seinem letzten Interview mit Cabella erzählt, am 20. April, das er am 22. gegengelesen und abgezeichnet hatte, erinnerst du dich? Nun, und Cabella schreibt in seinen Memoiren: ›Ich bemerkte sofort, dass Mussolini bei bester Gesundheit war, entgegen allen umlaufenden Gerüchten. Es ging ihm unendlich viel besser als beim letzten Mal, als ich ihn gesehen hatte. Das war im Dezember 1944 gewesen, anläßlich seiner Rede im Teatro Lirico. Bei den Malen davor, als er mich empfangen hatte – im Februar, im März und im August 1944 –, war er mir nicht so blühend erschienen wie jetzt. Sein Teint wirkte gesund und gebräunt, die Augen lebhaft, die Bewegungen leicht und geschmeidig. Er hatte auch ein wenig zugenommen. Zumindest war jene Magerkeit verschwunden, die mich im Februar des vergangenen Jahres so erschreckt hatte und die sein Gesicht so hager und fast ausgezehrt erscheinen ließ.‹ Sicher, Cabella wollte Propaganda machen und einen Duce präsentieren, der mit ihm auf der Höhe seiner Fähigkeiten sprach, aber hör dir die Memoiren von Pedro an, wo er über seine erste Begegnung mit Mussolini spricht, nach dessen Verhaftung: ›Er saß rechts von der Tür neben einem großen Tisch. Hätte ich nicht gewusst, dass er es ist, ich hätte ihn wohl nicht erkannt. Er war gealtert, abgezehrt, verängstigt. Er hatte die Augen aufgerissen, die nicht mehr ruhig blicken konnten. Er drehte den Kopf ruckartig da und dorthin, als hätte er Angst …‹ Gut, er ist gerade verhaftet worden, da ist es nur logisch, dass er Angst hat, aber es ist gerade erst eine Woche her, dass er seine letzten Interviews gegeben hatte, und bis vor ein paar Stunden war er noch überzeugt, die Grenze erreichen zu können. Hältst du es für möglich, dass ein Mann in sieben Tagen so abmagern kann? Also waren der Mann, der mit Cabella gesprochen hatte, und der, der jetzt mit Pedro sprach, nicht dieselbe Person. Und bedenke bitte, auch Valerio kannte Mussolini nicht persönlich, er war ausgezogen, einen Mythos zu töten, ein Bild, den Mann auf dem Traktor bei der Weizenernte, den Mann auf dem Balkon, der den Eintritt in den Krieg verkündete ...«

»Du willst also sagen, dass es zwei Mussolinis gab.«

»Warte, es geht noch weiter. Die Nachricht von der Ankunft der Füsilierten verbreitet sich rasch in Mailand, Piazzale Loreto wird überflutet von einer Masse halb Jubelnder, halb Wütender, die sich so erregt und erhitzt, dass die Leichen getreten, bespuckt, verunstaltet werden. Eine Frau schießt fünfmal mit der Pistole auf Mussolini, um ihre fünf im Krieg gefallenen Söhne zu rächen, eine andere uriniert auf die Petacci. Endlich greift jemand ein und hängt die Toten, um sie vor dem Zerfetztwerden zu bewahren, an den Füßen am Dachgitter einer Tankstelle auf. Und so sind sie auf den Fotografien von damals zu sehen, ich habe sie aus den Zeitungen jener Tage ausgeschnitten, hier der Piazzale Loretto mit den Aufgehängten und hier die Leichen von Mussolini und Claretta, als sie am nächsten Tag von einem Trupp Partisanen abgenommen und ins Leichenschauhaus am Piazzale Gorini gebracht worden sind. Sieh dir diese Fotos genau an. Das sind Körper von entstellten Personen, erst entstellt durch die Kugeln, dann durch bestialische Tritte und Schläge, und außerdem, hast du je das Gesicht eines an den Füßen Aufgehängten von unten fotografiert gesehen, mit den Augen anstelle des Mundes und dem Mund anstelle der Augen? Das Gesicht ist absolut nicht wiederzuerkennen.«

»Dann war also der Mann auf Piazzale Loreto, der Mann, den Valerio erschossen hatte, nicht Mussolini. Aber die Petacci müsste ihn doch wiedererkannt haben, als sie zu ihm gebracht worden war ...«

»Zur Petacci komme ich gleich noch. Lass mich jetzt erstmal meine Hypothese vortragen. Ein Diktator müsste doch einen Doppelgänger haben, zum Beispiel für Paraden, die er stehend im offenen Wagen absolvieren muss, wo er schon von weitem zu sehen ist, und wer weiß, wie oft er ihn tatsächlich so benutzt hatte, um sich vor Attentaten zu schützen. Jetzt stell dir mal vor, um dem Duce eine sichere Flucht zu ermöglichen, ist der Mann, der aus Mailand nach Como aufbricht, nicht Mussolini, sondern sein Doppelgänger.«

»Und wo ist Mussolini?«

»Warte, darauf komme ich noch. Der Doppelgänger hat jahrelang ein zurückgezogenes Leben geführt, gut bezahlt und gut versorgt, und ist nur zu bestimmten Gelegenheiten gebraucht worden. Inzwischen identifiziert er sich fast schon mit Mussolini und lässt sich überzeugen, seinen Platz noch einmal einzunehmen, weil, wie ihm erklärt wird, selbst wenn er vor der Grenze gefasst werden sollte, würde es niemand wagen, dem Duce etwas anzutun. Er müsste die Rolle nur noch solange spielen, bis die Alliierten kommen. Dann könne er seine Identität enthüllen, und niemand könnte irgendeine Anklage gegen ihn erheben, schlimmstenfalls müsste er ein paar Monate in einem Lager verbringen. Und als Lohn für all das erwartete ihn ein schöner Batzen in einer Schweizer Bank.«

»Aber die faschistischen Bonzen, die ihn bis zuletzt begleiten?«

»Die Bonzen haben die Inszenierung akzeptiert, um ihrem Chef die Flucht zu ermöglichen, und wenn er die Alliierten erreicht, wird er auch für sie etwas tun. Oder die fanatischsten denken bis zuletzt an einen Widerstand, und auch sie brauchen ein glaubwürdiges Bild, um die letzten noch kampfbereiten Faschisten zu mobilisieren. Oder Mussolini ist von Anfang an immer nur in einem Wagen mit zwei oder drei treuen Mitarbeitern gefahren, und alle anderen Bonzen haben ihn stets nur von weitem gesehen, mit dunkler Sonnenbrille. Ich weiß nicht, wie es war, aber es macht keinen großen Unterschied. In jedem Fall ist die Doppelgängerhypothese die einzige, die erklärt, warum der Pseudo-Mussolini partout nicht seine Familie in Como sehen wollte. Er konnte nicht zulassen, dass die ganze Familie von dem Doppelgängergeheimnis erfährt.«

»Und die Petacci?«

»Das ist die ergreifendste Geschichte: Sie erreicht ihn im Glauben, er sei der echte, und wird sofort bei der Ankunft von jemandem instruiert, dass sie so tun müsse, als halte sie den Doppelgänger für den echten Mussolini, um die Sache noch glaubwürdiger zu machen. Sie müsse bis zum Grenzübertritt durchhalten, danach könne sie frei ihrer Wege gehen.«

»Aber die ganze Schlussszene, in der sie sich an ihn klammert und mit ihm sterben will?«

»Die hat ja nur Oberst Valerio so erzählt. Ich habe auch da eine Hypothese. Als der Doppelgänger sich an die Wand gestellt sieht, macht er sich in die Hose und schreit: Ich bin nicht Mussolini! Was für ein Feigling, denkt sich Valerio, er versucht wirklich alles! Und legt auf ihn an. Die Petacci hat kein Interesse daran zu bestätigen, dass der Mann nicht ihr Geliebter ist, und will ihn vielleicht umarmen, um die Szene glaubwürdiger zu machen. Sie hat sich nicht vorstellen können, dass Valerio auch sie erschießen würde, aber wer weiß, die Frauen sind von Natur aus hysterisch, vielleicht hat sie den Kopf verloren, und Valerio bleibt nichts anderes übrig, als die Rasende mit einer Salve zum Schweigen zu bringen. Oder was hältst du von dieser Version: Valerio dämmert auf einmal, dass er einen falschen Mann vor sich hat, aber er ist ausgesandt worden, Mussolini zu töten – er, als einziger von allen Italienern: Sollte er da auf den Ruhm verzichten, der ihn erwartete? Also macht auch er das Spiel mit. Wenn ein Doppelgänger seinem Modell als Lebender gleicht, wird er ihm umso mehr als Toter gleichen. Wer würde die Geschichte jemals dementieren? Das CLN brauchte eine Leiche und würde sie bekommen. Und sollte eines Tages der echte Mussolini auftauchen, könnte man ja sagen, er sei nur sein Doppelgänger.«

»Und wo steckt der echte Mussolini?«

»Dies ist der Teil meiner Hypothese, an dem ich noch arbeiten muss. Ich muss noch erklären, wie es ihm gelungen ist zu fliehen und wer ihm dabei geholfen hat. Bisher kann ich das nur in groben Zügen. Die Alliierten wollen nicht, dass Mussolini den Partisanen in die Hände fällt, weil er Dinge enthüllen könnte, die ihnen peinlich sind, denk nur an den Briefwechsel mit Churchill und wer weiß was für andere faule Sachen. Schon das wäre ein guter Grund. Aber vor allem fängt mit der Befreiung Mailands der wirkliche Kalte Krieg an. Nicht nur stehen die Russen kurz vor Berlin und haben bereits halb Europa erobert, sondern die meisten Partisanen sind Kommunisten, sie sind gut bewaffnet und kampferprobt und stellen somit für die Russen eine Fünfte Kolonne dar, die bereit ist, ihnen auch Italien auszuliefern. Und folglich müssen die Alliierten oder jedenfalls die Amerikaner sich auf einen langwierigen Kampf gegen eine prosowjetische Revolution vorbereiten. Und dazu werden sie auch die Veteranen des Faschismus brauchen. So wie sie sich ja auch nationalsozialistische Wissenschaftler wie Wernher von Braun nach Amerika holen, um mit seiner Hilfe das All zu erobern. Die amerikanischen Geheimagenten haben da keine Berührungsängste. Mussolini, in eine Lage versetzt, in der er nicht mehr als Feind schaden kann, könnte morgen wieder ein guter Freund werden. Deshalb muss man ihn aus Italien rausschmuggeln und ihn anderswo eine Weile sozusagen überwintern lassen.«

»Und wie?«

»Lieber Himmel, wer hat sich denn als Vermittler zwischen die Fronten geworfen, um die Dinge nicht zum Äußersten kommen zu lassen? Der Erzbischof von Mailand, der gewiss nicht ohne Zustimmung des Vatikans gehandelt hat. Und wer hat später einem Haufen Nazis und Faschisten dazu verholfen, nach Argentinien zu entkommen? Der Vatikan! Jetzt versuch dir mal vorzustellen: Am Ausgang des Erzbischöflichen Palais lassen sie den Doppelgänger in Mussolinis Wagen einsteigen, während Mussolini selbst in einem weniger auffälligen Wagen zum Castello Sforzesco fährt.«

»Wieso zum Castello?«

»Weil ein Auto vom Erzbischöflichen Palais, wenn es direkt am Dom entlangfährt, den Cordusio überquert und in die Via Dante einbiegt, in fünf Minuten beim Castello ist. Das ist doch leichter als nach Como zu fahren, nicht? Und das Castello ist noch heute voller Kellergeschosse. Einige sind bekannt und werden als Abstellräume benutzt, andere existierten bei Kriegsende und dienten als Luftschutzbunker. Nun weiß man aus vielen Dokumenten, dass es in früheren Jahrhunderten allerlei unterirdische Gänge gab, hohe breite Tunnel, die vom Castello zu anderen Teilen der Stadt führten. Einer davon soll heute noch existieren, nur ist der Eingang durch diverse Einstürze unauffindbar geworden, und er soll vom Castello zum Kloster Santa Maria delle Grazie führen. Dort wird Mussolini ein paar Tage versteckt, während ihn alle am Comer See suchen, und dann wird sein Doppelgänger auf dem Piazzale Loreto zerfetzt. Sobald sich die Dinge in Mailand etwas beruhigt haben, kommt bei Nacht eine Limousine mit Kennzeichen Città del Vaticano und holt ihn ab. Die Straßen sind zu der Zeit, was sie sind, aber von Pfarrhaus zu Pfarrhaus, von Kloster zu Kloster gelangt man schließlich nach Rom. Mussolini verschwindet hinter den Mauern des Vatikans, und ich lasse dich wählen, was du besser findest: Entweder er bleibt dort, womöglich verkleidet als kranker alter Monsignore, oder sie schicken ihn mit einem vatikanischen Pass, als kränklicher Bruder, als Misanthrop in Kutte und Kapuze mit einem schönen Bart, auf ein Schiff nach Argentinien. Und dort bleibt er bis auf weiteres.«

»Was denn noch weiteres?«

»Das sag ich dir später, fürs erste ist meine Hypothese hier zu Ende.«

»Aber eine Hypothese braucht schon ein paar Beweise, um weiterentwickelt zu werden.«

»Und die werde ich in ein paar Tagen zusammenhaben, wenn ich mit meinen Recherchen in Archiven und Zeitungen aus jener Zeit fertig bin. Morgen ist der 25. April, ein schicksalhaftes Datum. Ich werde jemanden aufsuchen, der vieles über jene Tage weiß. Ich werde beweisen können, dass der Leichnam von Piazzale Loreto nicht der von Mussolini war.«

»Aber solltest du nicht den Artikel über die alten Freudenhäuser schreiben?«

»Über Freudenhäuser bin ich bestens im Bilde, den Artikel schreibe ich am Sonntag in einer Stunde runter. Also, danke, dass du mir zugehört hast, ich musste mal mit jemandem reden.«

Er ließ mich erneut die Rechnung bezahlen, und im Grunde hatte er sich's verdient. Als wir das Lokal verließen, drückte er sich an den Mauern entlang, als fürchtete er, verfolgt zu werden.

X

Braggadocio war verrückt. Aber das Beste sollte noch kommen, und so musste ich warten. Seine Geschichte war vielleicht erfunden, aber sie war packend. Wir würden ja sehen.

Allerdings, verrückt hin, verrückt her, ich hatte den angeblichen Autismus von Maia nicht vergessen. Ich sagte mir, ich wolle ihre Psyche besser studieren, aber jetzt weiß ich, was ich wirklich wollte. An jenem Abend hatte ich sie wieder nach Hause gebracht, war aber nicht am Toreingang stehengeblieben, sondern ging mit ihr durch den Hof. Dort stand unter einem kleinen Vordach ein ziemlich klappriger roter Fiat 500. »Das ist mein Jaguar«, sagte Maia. »Er ist fast zwanzig Jahre alt, aber er fährt noch, ich muss ihn nur einmal jährlich durchsehen lassen, und hier gibt es eine Werkstatt, wo sie noch die alten Ersatzteile haben. Um ihn wieder richtig auf Trab zu bringen, bräuchte ich einen Haufen Geld, aber dann wird er ein Oldtimer und lässt sich zu Liebhaberpreisen verkaufen. Ich benutze ihn nur, um an den Lago d'Orta zu fahren. Du weißt das nicht, aber ich bin eine Erbin. Meine Großmutter hat mir ein Häuschen dort auf den Hügeln hinterlassen, kaum mehr als eine Hütte, ein Verkauf würde nicht viel einbringen, aber ich habe es nach und nach eingerichtet, es hat einen Kamin, einen alten Fernseher, noch in Schwarzweiß, und aus dem Fenster sieht man auf den See und die Insel San Giulio. Es ist mein *Buen retiro*, ich verbringe dort fast jedes Wochenende. Wie wär's, hast du nicht Lust, am Sonntag mitzukommen? Wir fahren morgens los, ich mache uns mittags ein kleines Essen – ich koche nicht schlecht –, und zum Abendessen sind wir wieder in Mailand.«

Am Sonntagmorgen während der Fahrt sagte Maia, die am Steuer saß, an einem bestimmten Punkt: »Hast du gesehen? Jetzt verfällt es, aber vor ein paar Jahren strahlte es noch in herrlichem Ziegelrot.«

»Was?«

»Na, das Kantonshaus, das war doch eben links.«

»Also hör mal, wenn das links war, dann hast doch nur du das sehen können, ich sehe von hier aus nur, was rechts ist. In dieser winzigen Kutsche müsste ich, um zu sehen, was links von dir ist, mich an dir vorbeibeugen und den Kopf aus dem Fenster recken. Also wirklich, ist dir nicht klar, dass ich dieses Haus gar nicht sehen konnte?«

»Mag sein«, sagte sie nur, als sei ich ein Spinner.

An diesem Punkt *musste* ich ihr zu verstehen geben, was ihr meines Erachtens fehlte.

»Ach geh«, antwortete sie lachend, »das kommt bloß daher, dass ich dich inzwischen als meinen Beschützer empfinde und vor lauter Vertrauen zu dir denke, dass du immer dasselbe denkst wie ich.«

Ich war ziemlich verwirrt. Ich wollte wirklich nicht, dass sie dachte, ich dächte immer dasselbe wie sie. Das wäre mir zu intim gewesen.

Aber zugleich überkam mich eine gewisse Zärtlichkeit. Maia kam mir so wehrlos vor, so schutzlos, dass sie sich in eine eigene Innenwelt zurückzog, ohne sehen zu wollen, was in der Welt draußen vorging, von der sie vielleicht verletzt worden war. Und doch, wenn das stimmte, war ich es, dem sie vertraute, und da sie nicht in meine Welt eindringen konnte oder vielleicht nicht wollte, phantasierte sie wohl, ich könnte in ihre Welt eindringen.

Das Häuschen überraschte mich. So reizend, wenn auch spartanisch, hatte ich es mir nicht vorgestellt. Es war noch früh im Mai und draußen war es noch frisch. Maia ging gleich daran, den Kamin anzuzünden, und kaum dass die Flammen hochzüngelten, stand sie auf und sah mich strahlend an, das Gesicht noch gerötet vom Feuer. »Ich bin ... glücklich«, sagte sie, und damit hatte sie mich gewonnen.

»Auch ich bin ... glücklich«, sagte ich. Dann fasste ich sie an den Schultern und gab ihr unwillkürlich einen Kuss, und sie drückte sich an mich, mager wie ein Spatz. Aber Braggadocio hatte unrecht gehabt: Sie *hatte* Brüste, und ich spürte sie, klein, aber fest. Wie es im Lied der Lieder heißt: zwei Kitzlein, Zwillinge einer Gazelle, die unter Lilien weiden.

»Ich bin glücklich«, wiederholte sie.

Ich versuchte eine letzte Abwehr: »Aber du weißt, dass ich dein Vater sein könnte?«

»Was für ein schöner Inzest!«, rief sie aus.

Sie setzte sich aufs Bett, schlenkerte die Füße und ließ die Schuhe mit einem Ruck quer durch den Raum fliegen. Vielleicht hatte Braggadocio recht, sie war verrückt, aber mit dieser Geste hatte sie meinen Widerstand vollends gebrochen.

Wir verzichteten auf das Mittagessen. Wir blieben bis abends in ihrer Koje und dachten gar nicht daran, nach Mailand zurückzufahren. Ich war vollkommen hin und weg. Ich kam mir vor, als wäre ich zwanzig oder höchstens dreißig wie sie.

»Maia«, sagte ich am nächsten Morgen auf dem Rückweg, »wir müssen mit Simei weiterarbeiten, bis ich ein bisschen Geld zusammengekratzt habe, dann bringe ich dich weg von dieser Würmergrube. Aber halt noch ein bisschen durch. Danach sehen wir weiter, vielleicht gehen wir auf eine Insel in den Meeren des Südens.«

»Ich glaub's noch nicht recht, aber es ist schön, daran zu denken. Tusitala. Bis dahin werde ich, wenn du mir hilfst, auch Simei ertragen und die Horoskope machen.«

XI

Freitag, 8. Mai

Am Morgen des 5. Mai wirkte Simei aufgeregt. »Ich habe einen Auftrag für einen von Ihnen, sagen wir für Palatino, der ist ja bisher noch frei. Sie werden gelesen haben, dass vor ein paar Monaten – also war die Nachricht im Februar noch ganz frisch – ein Untersuchungsrichter in Rimini eine Ermittlung über die Führung einiger Altersheime eingeleitet hat. Ein Scoop, nach der Sache mit dem Mailänder Pio Albergo Trivulzio. Keines dieser Heime gehört unserem Verleger, aber Sie werden wissen, dass er andere besitzt, alle an der adriatischen Küste. Hoffentlich müssen wir nie erleben, dass dieser Untersuchungsrichter in Rimini seine Nase in die Geschäfte des Commendatore steckt. Darum würde es unserem Verleger sehr gefallen, wenn ein Schatten des Verdachts auf diesen Schnüffler fiele. Beachten Sie dabei, dass es zur Entkräftung einer Anklage heutzutage nicht mehr nötig ist, das Gegenteil zu beweisen, es genügt, den Ankläger zu diskreditieren. Also los, Palatino, hier haben Sie Vor- und Nachnamen des Betreffenden, machen Sie einen Sprung nach Rimini, mit einem Kassettenrekorder und einer Kamera, und verfolgen Sie diesen ach so integren Staatsdiener, niemand ist jemals hundertprozentig integer, womöglich ist er ein Päderast oder hat seine Großmutter umgebracht oder Bestechungsgeld angenommen, irgendwas wird sich schon finden. Oder, wenn gar nichts zu machen ist, stellen Sie seine tägliche Arbeit so dar, dass sie irgendwie seltsam erscheint, also verdächtig. Lassen Sie Ihrer Phantasie freien Lauf, Palatino, irgendwas wird Ihnen schon einfallen. Haben Sie mich verstanden?«

Drei Tage später kam Palatino mit ziemlich leckeren Neuigkeiten zurück. Er hatte den Untersuchungsrichter gefilmt, wie er auf einer Parkbank saß und nervös eine Zigarette nach der anderen rauchte. Zu seinen Füßen häuften sich Dutzende von Kippen. Palatino wusste nicht, ob das interessant sein könnte, aber Simei sagte, ja sicher, ein Mann, von dem wir Besonnenheit und Objektivität erwarten, zeigt sich als Neurotiker, noch dazu als Müßiggänger, der seine Zeit auf Parkbänken vertrödelt, statt über Dokumenten zu brüten. Palatino hatte ihn auch durchs Fenster eines chinesischen Restaurants gefilmt, wo er zu Mittag aß. Mit Stäbchen.

»Wunderbar!«, sagte Simei. »Unsere Leser gehen nicht oft in chinesische Restaurants, womöglich gibt es gar keine da, wo sie wohnen, und sie würden sich niemals träumen lassen, mit Stäbchen zu essen wie die Wilden. Wieso geht dieser Typ zum Chinesen essen, werden die Leser sich fragen? Wieso isst er, wenn er ein seriöser Untersuchungsrichter ist, nicht Spaghetti oder Tagliatelle wie wir alle?«

»Wenn's nur das wäre«, fügte Palatino hinzu, »aber er trug auch Socken in einer smaragd- oder erbsengrünen Farbe und Turnschuhe.«

»Turnschuhe wie ein Penner und grüne Socken, wie herrlich!«, jubelte Simei. »Es gab ja mal rote Socken, aber grüne, das ist noch viel schöner! Der Mann ist ein Dandy oder ein Blumenkind, wie man früher sagte. Leicht vorstellbar, dass er auch kifft. Aber das schreiben wir nicht, darauf sollen die Leser von selber kommen. Arbeiten Sie mit diesen Elementen, Palatino, zeichnen Sie ein Porträt voll dunkler Andeutungen, und der Mann ist kaltgestellt, wie sich's gehört. Aus einer Nicht-Nachricht haben wir eine Nachricht gemacht. Und ohne zu lügen. Ich glaube, der Commendatore wird sehr zufrieden mit Ihnen sein. Und mit uns allen, versteht sich.«

Lucidi meldete sich zu Wort: »Eine seriöse Zeitung muss auch Dossiers haben.«

»In welchem Sinne?«, fragte Simei.

»Zum Beispiel mit vorgefertigten Nachrufen, ›Krokodilen‹, wie man sie bei uns nennt. Eine Zeitung darf nicht in die Krise geraten, wenn um zehn Uhr abends die Nachricht vom Tod eines Prominenten eintrifft und niemand imstande ist, auf die Schnelle einen brauchbaren Nachruf zu verfassen. Deswegen werden Dutzende und Aberdutzende von Nachrufen im voraus geschrieben, eben die ›Krokodile‹, so dass beim Tod des Prominenten der Nachruf nur noch um das Todesdatum vervollständigt werden muss.«

»Aber wir müssen unsere Nullnummern doch nicht von einem Tag auf den anderen machen«, sagte ich. »Wenn wir eine Nummer für einen bestimmten Tag machen, genügt es, die Zeitungen dieses Tages durchzusehen, und wir haben unseren Nachruf.«

»Und dann setzen wir ihn nur ein, wenn sich's, was weiß ich, um den Tod eines Ministers oder eines großen Industriellen handelt«, verfügte Simei, »nicht beim Tod irgendeines kleinen Dichterlings, von dem unsere Leser noch nie gehört haben. Solche Nachrufe dienen doch nur dazu, die Feuilletonseiten zu füllen, auf denen die großen Zeitungen jeden Tag irgendwas Unwesentliches melden oder kommentieren müssen.«

»Ich bleibe dabei«, sagte Lucidi, »die Nachrufe waren nur ein Beispiel, aber Dossiers sind wichtig, um über bestimmte Personen alle Indiskretionen zu versammeln, die man für verschiedene Artikel gebrauchen kann. Solche Dossiers ersparen einem, in letzter Minute Recherchen machen zu müssen.«

»Verstehe«, sagte Simei, »aber sie sind ein Luxus für große Zeitungen. Ein Dossier verlangt einen Haufen Recherchen, und ich kann keinen von Ihnen dazu verdonnern, den ganzen lieben langen Tag Dossiers zusammenzustellen.«

»Aber nein, so ist es doch gar nicht«, sagte Lucidi lächelnd. »Das Zusammenstellen von Dossiers kann auch ein Student besorgen, dem man ein paar Kröten dafür gibt, dass er die Pressespiegel und Zeitungsausschnittsammlungen in den öffentlichen Archiven durchsieht. Glauben Sie bloß nicht, dass die Dossiers der Zeitungen, ja sogar der Geheimdienste irgendwelche unveröffentlichten Nachrichten enthielten. Nicht einmal die Geheimdienste können mit sowas ihre Zeit verlieren. Ein Dossier enthält Presseausschnitte, Zeitungsartikel, in denen steht, was alle wissen. Alle bis auf den Minister oder den Oppositionsführer, für den sie bestimmt waren, der aber nie die Zeit gehabt hat, diese Artikel zu lesen, weshalb er die darin behandelten Dinge wie Staatsgeheimnisse behandelt. Die Dossiers enthalten verstreute Nachrichten, die für sich genommen nicht viel besagen, aber zusammengenommen und entsprechend kombiniert einen Verdacht erregen können. So vermeldet zum Beispiel ein Zeitungsausschnitt, dass der Soundso einmal vor Jahren eine Strafe wegen überhöhter Geschwindigkeit zahlen musste, ein anderer, dass er letzten Sommer ein Pfadfinderlager besucht hat, und ein dritter, dass er neulich in einer Diskothek gesehen worden ist. Von hier ausgehend kann man nun sehr gut suggerieren, dass es sich bei dem Betreffenden um einen verantwortungslosen Raser handelt, der die Straßenverkehrsordnung missachtet, um an Vergnügungsstätten zu fahren, und dem vermutlich, ich sage vermutlich, aber es ist evident, auch nette Knaben gefallen. Genug, um ihn zu diskreditieren. Und das, indem man nur reine Wahrheiten sagt. Im übrigen liegt die Stärke eines solchen Dossiers darin, dass man es gar nicht vorzuzeigen braucht: Es genügt, das Gerücht zu verbreiten, dass es existiert und interessante Informationen enthält. Der Soundso erfährt, dass man Informationen über ihn hat, er weiß nicht welche, aber jeder hat irgendein Skelett im Schrank, und so sitzt er in der Falle: Sobald man ihn um etwas bittet, muss er die Bitte erfüllen, ob er will oder nicht.«

»Also diese Geschichte mit den Dossiers gefällt mir«,

bemerkte Simei. »Unserem Verleger würde es Freude machen, Instrumente zu haben, die ihm erlauben, Leute klein zu halten, die ihn nicht mögen. Colonna, seien Sie so gut und machen Sie uns eine Liste von Personen, mit denen unser Verleger zu tun bekommen könnte, finden Sie einen hungerleidenden Werkstudenten und lassen Sie ihn ein Dutzend solcher Dossiers zusammenstellen, fürs erste wird das genügen. Hervorragende Initiative, noch dazu preisgünstig!«

»So machen sie es in der Politik«, sagte Lucidi mit der Miene dessen, der sich auskennt.

»Und Signorina Fresia«, feixte Simei, »machen Sie kein so entsetztes Gesicht. Glauben Sie, Ihre Klatschblätter hätten keine solchen Dossiers gehabt? Vielleicht sind Sie ausgeschickt worden, um eine TV-Moderatorin mit einem Fußballer zu fotografieren, die bereit waren, einander bei der Hand zu halten. Aber um zu erreichen, dass die Betreffenden das taten, hatte Ihr Chefredakteur ihnen angedeutet, dass sie auf diese Weise die Verbreitung intimerer Nachrichten über sich vermeiden könnten, womöglich dass die Moderatorin vor Jahren in einem zweifelhaften Etablissement überrascht worden war.«

Als er Maias Blick sah, beschloss Lucidi, der vielleicht doch ein Herz hatte, das Thema zu wechseln.

»Ich habe heute noch andere Informationen mitgebracht, die ich meinen privaten Dossiers entnommen habe. Am 5. Juni 1990 vermachte der Marchese Alessandro Gerini der von ihm gegründeten Fondazione Gerini, einer kirchlichen Einrichtung unter Aufsicht des Salesianerordens, ein beträchtliches Erbe. Bis heute weiß man nicht, was aus dem Geld geworden ist. Jemand hat insinuiert, dass die Salesianer es bekommen hätten, aber aus Steuergründen nichts davon sagen. Wahrscheinlicher ist, dass sie es noch nicht bekommen haben, und man munkelt, dass die Aushändigung von einem mysteriösen Vermittler abhängt, der vielleicht legal ist, aber eine Provision verlangt, die ganz nach Schmiergeld aussieht. Andere behaupten jedoch, die Operation sei von gewissen Kreisen innerhalb der Salesianer begünstigt worden, was hieße, dass wir es mit einer illegalen Aufteilung der Beute zu tun hätten. Vorerst sind das nur Gerüchte, aber ich könnte versuchen, jemanden zum Reden zu bringen.«

»Versuchen Sie es, versuchen Sie es«, sagte Simei, »aber bescheren Sie uns keine Konflikte mit den Salesianern und mit dem Vatikan. Allenfalls könnte der Artikel heißen *Die Salesianer Opfer eines Schwindels*, mit einem Fragezeichen. So vermeiden wir unnötigen Ärger.«

»Und wenn wir schreiben würden *Die Salesianer im Auge des Zyklons*?«, fragte Cambria wie immer ein bisschen daneben.

Ich intervenierte streng: »Ich dachte, das wäre klar gewesen: Der Ausdruck *im Auge des Zyklons* bedeutet für unsere Leser so was wie ›voll in der Patsche sitzen‹, und voll in die Patsche kann man auch aus eigener Schuld geraten.«

»In der Tat«, sagte Simei. »Begnügen wir uns damit, allgemeine Verdächtigungen zu verbreiten. Nach dem Muster: Da fischt jemand im Trüben, und auch wenn wir noch nicht wissen, wer es ist, machen wir ihm Angst. Das genügt uns. Danach kassieren wir, oder unser Verleger kassiert, wenn der Moment gekommen ist. Bravo, Lucidi, machen Sie weiter so. Höchster Respekt vor den Salesianern, das sollte klar sein, aber wenn auch sie sich ein bisschen beunruhigen, kann das nicht schaden.«

»Entschuldigen Sie«, fragte Maia schüchtern, »aber unser Verleger, wird der nun diese Politik der, nennen wir's mal so, Dossiernutzung und Insinuierung, billigen oder missbilligen? Ich frage bloß, um's zu wissen.«

»Wir müssen dem Verleger keine Rechenschaft über unsere journalistischen Entscheidungen ablegen«, antwortete Simei leicht pikiert. »Der Commendatore hat nie versucht, mich irgendwie zu beeinflussen. An die Arbeit, an die Arbeit!«

An jenem Tag hatte ich noch ein privates Gespräch mit Simei. Er hatte gewiss nicht vergessen, aus welchen Gründen ich mich in dieser Runde befand, und ich hatte auch schon einige Kapitel unseres geplanten Buches *Domani: ieri* entworfen. Darin schilderte ich mehr oder weniger genau die Redaktionssitzungen, die wir bisher gehabt hatten, aber mit Vertauschung der Rollen, das heißt, ich präsentierte einen Simei, der kühn jede Anklage zu erheben bereit war, auch wenn seine Mitarbeiter ihm zur Vorsicht rieten. Ich dachte sogar daran, ein letztes Kapitel anzuhängen, in dem ihn ein hoher Prälat der Salesianer in einem honigsüßen Telefonat dazu einlädt, die unselige Affäre des Marchese Gerini nicht weiter zu verfolgen. Nachdem ihm in anderen Telefonaten in aller Freundschaft angedeutet worden ist, dass es nicht gut sei, noch mehr Schmutz auf das Mailänder Altersheim des armen Signor Chiesa zu werfen. Worauf Simei mit den Worten von Humphrey Bogart am Ende jenes Films schließt, wo es heißt: Das ist die Presse, Baby, da kannst du nichts machen!

»Großartig«, war Simeis begeisterter Kommentar, »Sie sind ein wertvoller Mitarbeiter, Colonna, machen Sie weiter in diesem Ton.«

Natürlich fühlte ich mich noch tiefer gedemütigt als Maia, die sich um die Horoskope kümmern musste, aber für den Augenblick war ich anerkannt und musste mich bewähren. Auch im Hinblick auf die Meere des Südens, wo immer sie liegen mochten. Auch wenn's am Ende nur der Lago d'Orta war, was für einen Versager genügte.

XII

Montag, 11. Mai

Am nächsten Montag rief Simei uns zusammen. »Costanza«, sagte er, »in Ihrem Artikel über die Straßendirnen verwenden Sie Ausdrücke, die ich nur ungern wiederhole, Wörter wie Titten, Arsch, Schwanz und Möse, und Sie zitieren eine Nutte, die ›Fick dich‹ sagt.«

»Aber so ist es«, protestierte Costanza. »Heutzutage benutzen die Leute auch im Fernsehen solche Wörter, sogar die feinen Damen.«

»Was die Oberschicht macht, interessiert uns nicht. Wir müssen an unsere Leser denken, die noch Angst vor solchen Wörtern haben. Benutzen Sie Umschreibungen. Colonna, was schlagen Sie vor?«

Ich antwortete: »Man kann sehr gut weibliche Rundungen, pralle Formen, Piepmatz und Muschi sagen oder statt des Letztgenannten auch: ›Geh doch rüber!‹«

»Wer weiß, was die dann da drüben machen«, feixte Braggadocio.

»Was die dann da drüben machen, geht uns nichts an«, erwiderte Simei.

Danach beschäftigten wir uns mit anderem. Eine Stunde später, am Ende der Sitzung, sagte Maia zu Braggadocio und mir: »Ich werde mich nicht mehr einmischen, weil ich ja doch alles falsch mache, aber es wäre schön, wenn wir eine Ersatzliste rausbringen würden.«

»Ersatz für was?«, fragte Braggadocio.

»Na, für die Wörter, die wir nicht schreiben sollen.«

»Aber davon haben wir vor einer Stunde gesprochen!«, entrüstete sich Braggadocio und sah mich an, als wollte er sagen: Da hast du's, so redet sie immer!

»Ach, lass doch«, sagte ich in konziliantem Ton. »Wenn sie sich weiter Gedanken dazu gemacht hat … Also, Maia, sag uns, was du dir gedacht hast.«

»Na ja, es wäre doch schön, wenn man, anstatt immer nur Scheiße zu sagen, wenn man etwas blöd oder ärgerlich findet, zum Beispiel sagen würde: O matschförmiger ausgeschiedener Rest des Verdauungsprozesses der lebensnotwendigen Darminhalte, jemand hat mir mein Portemonnaie geklaut!«

»Also Sie sind wirklich total verrückt«, erklärte Braggadocio. Dann bat er mich: »Colonna, könntest du mal an meinen Tisch rüberkommen? Ich würde dir gern etwas zeigen.«

Ich ging zu Braggadocio hinüber, nach einem Augenzwinkern zu Maia, deren Autismen, so sie denn welche waren, mich immer mehr bezauberten.

Alle waren gegangen, es dunkelte, und im Licht einer Tischlampe breitete Braggadocio eine Reihe von Fotokopien aus.

»Colonna«, begann er, während er die Arme um seine Papiere legte, als wolle er sie den Blicken anderer entziehen, »schau dir diese Dokumente an, die ich in einem Archiv gefunden habe. Am Tag nach der Bloßstellung auf Piazzale Loreto wurde Mussolinis Leichnam in das Gerichtsmedizinische Institut der Universität gebracht und einer Autopsie unterzogen. Hier ist der Bericht, lies mal: *Institut für Gerichtsmedizin und Assekuranzen der Königlichen Universität Mailand, Professor Mario Cattabeni, Protokoll der Autopsie Nr. 7241, vorgenommen am 30. April 1945 an der Leiche von Benito Mussolini, gestorben am 28. April 1945. Der Leichnam liegt unbekleidet auf dem Tisch der Anatomie. Gewicht 72 kg. Größe lässt sich nur annähernd mit 1,66 m angeben wegen der beträchtlichen traumatischen Deformation des Kopfes. Das Gesicht ist durch komplexe Läsionen mit Handfeuerwaffen so entstellt, dass die physiognomischen Züge fast unkenntlich sind. Anthropometrische Erhebungen am Kopf werden nicht vorgenommen, da sie durch die Splitterfraktur der Schädel- und Gesichtsknochen verzerrt würden …* Überspringen wir ein Stück: *Kopf deformiert durch völlige Zertrümmerung der Schädelknochen, der gesamte Bereich des linken Scheitel- und Hinterhauptbeins tief eingedrückt, die Augenhöhle derselben Seite so zerquetscht, dass der Augapfel eingefallen und rissig erscheint, mit vollständigem Austritt des Glaskörperwassers; das Fettgewebe der Augenhöhle weitgehend freigelegt durch einen breiten Riss, ohne Blutspuren. Im mittleren Stirnbereich und am linken Stirn- und*

Scheitelbein zwei breite lineare Ablösungen der behaarten Kopfhaut mit rissigen Rändern, jede ca. 6 cm breit, so dass die Schädeldecke freiliegt. Im Hinterhauptbereich, rechts von der Mittellinie, zwei Löcher dicht nebeneinander mit unregelmäßig ausgestülpten Rändern, maximaler Durchmesser ca. 2 cm, aus denen breiige Hirnmasse austritt, ohne erkennbare Blutspuren ... Stell dir das vor: breiige Hirnmasse!«

Braggadocio hatte kleine Schweißtropfen auf der Stirn, seine Hände zitterten, auf seiner Unterlippe perlten Speicheltröpfchen, er machte den Eindruck eines lüsternen Schlemmers, der sich an gebackenem Hirn oder einem schönen Teller Kutteln gütlich tut. Und er las weiter.

»Im Nacken, etwas rechts von der Mittellinie, fast 3 cm großes aufgerissenes Loch mit ausgestülpten Rändern, ohne Blutspuren. Im rechten Schläfenbereich dicht nebeneinander zwei runde Löcher, an den Rändern leicht rissig, ohne Blutspuren. Im linken Schläfenbereich großes aufgerissenes Foramen mit ausgestülpten Rändern und Austritt breiiger Hirnmasse. Großes Austrittsloch an der linken Ohrmuschel. Auch diese beiden letzten Läsionen haben das typische Aussehen postmortaler Läsionen. An der Nasenwurzel kleines rissiges Loch mit ausgestülpten Knochensplittern, mäßige Blutspuren. An der rechten Wange eine Gruppe von drei Löchern, gefolgt von einer in der Tiefe nach hinten gerichteten Schussbahn, oben leicht abgeschrägt, mit trichterförmig nach innen gebogenen Rändern, ohne Blutspuren. Splitterbruch des Oberkiefers mit breiten Rupturen der Weich- und Knochenteile des Gaumenbogens, typische Merkmale postmortaler Läsion ... Ich überspringe nochmal ein größeres Stück, denn jetzt kommen Details über die Position der Schusswunden, und da interessiert es uns nicht, wo und wie ihn die Schüsse getroffen haben, es genügt zu wissen, dass auf ihn geschossen wurde. *Die Schädeldecke ist vielfach gebrochen, so dass sich zahlreiche lose Fragmente ergeben haben, bei deren Entfernung man direkt ins Schädelinnere gelangt. Normal ist die Stärke der Schädeldecke. Die Pachymeninx wirkt erschlafft, mit großen Rupturen in der vorderen Hälfte; keine Spuren von Epi- oder Subduralblutungen. Die Entnahme der Gehirnmasse kann nicht vollständig durchgeführt werden, weil Kleinhirn, Mittelhirnbrücke und ein unterer Teil der Hinterhauptlappen breiig geworden scheinen, jedoch ohne Spuren von Blutung aufzuweisen …«*

Er wiederholte jedesmal das Wort *breiig*, das Professor Cattabeni ausgiebig gebrauchte – sicher beeindruckt von der breiigen Konsistenz jener Leiche –, und er wiederholte es mit einer hörbaren Wollust, die ihn dazu brachte, gleich drei *i* anstelle von zweien zu sprechen. Er erinnerte mich an Dario Fo in *Mistero Buffo*, wo er den Bauern spielt, der sich vorstellt, wie er eine seit jeher erträumte Speise in sich hineinschlingt.

»Lesen wir weiter: *Unversehrt ist nur der größere Teil der Gehirnhälften, der mittlere Balken und ein Teil der Hirnbasis; die Arterien der Hirnbasis sind nur zum Teil erkennbar zwischen den losen Fragmenten der vielfach gebrochenen Schädelbasis und zum Teil noch verbunden mit der Gehirnmasse; die so erkennbaren Abschnitte, darunter die vorderen Arterien, erscheinen wie gesunde Wandungen …* Jetzt sag mir: Hältst du es für möglich, dass ein Arzt, der ja übrigens auch überzeugt war, die Leiche des Duce vor sich zu haben, imstande war zu erkennen, wem dieser Haufen Fleisch und

Knochensplitter gehörte? Und dass er ungestört arbeiten konnte in einem Raum, in dem (so die Zeitungen) ein ständiges Rein und Raus von allerlei Leuten herrschte, von Journalisten, Partisanen, neugierigen Voyeuren? Wo andere von Eingeweiden berichteten, die vergessen an einer Ecke des Tisches lagen, und von zwei Krankenhelfern, die mit diesen Innereien Pingpong spielten, indem sie sich Leber- oder Lungenstücke zuwarfen?«

Braggadocio wirkte beim Reden wie eine Katze, die heimlich auf den Ladentisch eines Metzgers gesprungen ist. Hätte er Barthaare gehabt, wären sie jetzt wohl gesträubt und zitternd erschienen …

»Und wenn ich weiterlese, wirst du sehen, dass im Magen keine Spur von Geschwür gefunden worden ist, dabei wissen wir doch alle, dass Mussolini an einem Magengeschwür litt, und es gab auch keine Spuren von Syphilis, dabei ging seit langem das Gerücht um, dass der Duce ein Syphilitiker in fortgeschrittenem Stadium sei. Bedenke außerdem, dass Georg Zachariae, der deutsche Arzt, der ihn in Salò betreute, bald danach bezeugen sollte, sein Patient habe an niedrigem Blutdruck, Anämie, einer vergrößerten Leber, Magenkrämpfen, Darmverkrampfungen und akuter Verstopfung gelitten. Und stattdessen war hier, dem Autopsiebericht zufolge, alles in Ordnung, die Leber von normalem Umfang und Aussehen, an der Ober- wie an der Schnittfläche, die Gallenwege gesund, Nieren und Nebennieren einwandfrei, Harnwege und Genitalien normal. Und hier noch der Schluss: *Das Gehirn, abgelöst von den restlichen Teilen, ist zwecks weiterer anatomischer und histopathologischer Untersuchung in Formaldehyd eingelegt*

worden, ein Fragment des Kortex wurde auf Ersuchen des
Gesundheitsbüros des Oberkommandos der Fünften Armee
(Calvin S. Drayer) an Dr. Winfred H. Overholser vom Psy-
chiatric Hospital St. Elizabeth in Washington übergeben.
Gelesen und abgezeichnet.«

Braggadocio las und genoss jede Zeile, als stünde er
vor der Leiche, als könnte er sie berühren, als säße er in
der Taverna Moriggi und ergötzte sich statt an einem
Schweinebraten mit Sauerkraut an jener Augenhöhle,
deren Augapfel eingefallen und rissig erschien mit vollständigem Austritt des Glaskörperwassers, als kostete er
von Kleinhirn, Mittelhirnbrücke und unterem Teil der
Hinterhauptlappen, als begeisterte er sich für jenen Austritt fast flüssig gewordener Hirnmasse.

Ich war angewidert, aber, ich kann es nicht leugnen,
ich war auch fasziniert, von ihm wie von dem gemarter-
ten Körper, an dem er sich weidete, so wie man in Ro-
manen des 19. Jahrhunderts vom Blick der Schlange
hypnotisiert war. Um seiner Exaltation ein Ende zu machen, erklärte ich: »Das ist die Autopsie von irgend-
wem.«

»Genau. Da siehst du, dass meine Hypothese richtig
war: Der Körper Mussolinis war nicht der Mussolinis,
jedenfalls kann niemand beeiden, dass er es war. Jetzt
kann ich unbesorgt als erledigt abhaken, was zwischen
dem 25. und 30. April 45 geschehen ist.«

An jenem Abend hatte ich echt das Bedürfnis, mich an der
Seite Maias zu reinigen. Und um ihr Bild möglichst weit
von dem der Redaktion zu entfernen, beschloss ich, ihr die

Wahrheit zu sagen, nämlich dass *Domani* niemals erscheinen würde.

»Besser so«, sagte Maia, »dann brauche ich mich nicht mehr für meine Zukunft abzuplagen. Halten wir noch ein paar Monate durch, verdienen wir uns das bisschen Geld, diese paar verdammten Kröten, und dann ab in die Meere des Südens.«

XIII

Ende Mai

Von nun an verlief mein Leben zweigleisig. Tagsüber das demütigende Leben in der Redaktion, abends die Wohnung von Maia, manchmal auch meine. Die Wochenenden am Lago d'Orta. An den Abenden kompensierten wir beide die mit Simei verbrachten Tage. Maia hatte darauf verzichtet, Publikationsvorschläge für den Papierkorb zu machen, und begnügte sich damit, sie mir vorzutragen, zum Vergnügen oder zum Trost.

Eines abends zeigte sie mir eine kleine Zusammenstellung von Kontaktanzeigen. »Hör mal, wie schön«, sagte sie, »nur würde ich sie gerne mitsamt ihrer Interpretation publizieren.«

»Wie meinst du das?«

»Hör zu: *Ciao, ich bin Samantha, 29 Jahre alt, diplomiert, Hausfrau, getrennt lebend, ohne Kinder, auf der Suche nach einem lieben, aber vor allem geselligen und fröhlichen Mann.* Interpretation: Ich gehe auf die 30 zu, nachdem mein Mann mich sitzengelassen hat; mit dem Buchhalter-

Diplom, das ich so mühsam erworben habe, finde ich keine Arbeit, und darum bin ich den ganzen Tag zu Hause und drehe Däumchen (ich habe nicht mal Bälger, um die ich mich kümmern muss); ich suche einen Mann, der nicht schön zu sein braucht, Hauptsache, er gibt mir keine Ohrfeigen wie dieser Widerling, den ich geheiratet hatte. Oder diese: *Carolina, 33, ledig, promoviert, Unternehmerin, sehr kultiviert, brünett, schlank, selbstsicher und seriös, Freude an Sport, Kino, Theater, Reisen, Lektüre, Tanz, offen für neue Interessen, sucht einen Mann mit Charme und Persönlichkeit, Bildung und guter Stellung, Freiberufler, Beamter oder Armeeangehöriger, maximal 60, zwecks späterer Heirat.* Interpretation: Mit 33 habe ich noch keinen Dummen gefunden, vielleicht weil ich trocken wie eine Sardine bin und es nicht schaffe, mich blond zu färben, aber ich versuche, nicht daran zu denken; ich habe mit Mühe den Dr. phil. gemacht, aber bei den Bewerbungen bin ich immer durchgefallen, darum habe ich mir eine kleine Werkstatt aufgebaut, wo ich drei Albaner schwarz arbeiten lasse und Socken für die Dorfmärkte produziere; ich weiß nicht recht, was mir gefällt, ich gucke ein bisschen Fernsehen, gehe ins Kino oder mit meiner Freundin ins Stadttheater, lese die Zeitung, besonders wegen der Kontaktanzeigen, ich würde auch gerne mal tanzen gehen, aber niemand lädt mich dazu ein, und um einen lumpigen Ehemann zu finden, wäre ich auch bereit, mich für irgendwas anderes zu begeistern, Hauptsache, er hat ein bisschen Geld und erlaubt mir, mit den Socken und den Albanern aufzuhören; er kann auch ruhig schon älter sein, nach Möglichkeit ein im Handel Tätiger, aber ich nehme auch einen Katasterbeamten oder einen

Maresciallo der Carabinieri. Oder diese: *Patrizia, 42 Jahre,*
ledig, Kauffrau, brünett, schlank, sanft und sensibel, wünscht
sich einen loyalen, guten und seriösen Partner, gleich mit wel-
chem Familienstand, Hauptsache, er ist motiviert. Interpretation: Herrje, mit zweiundvierzig (und sagt bitte nicht,
wenn ich Patrizia heiße, müsse ich fünfzig sein wie alle Pa-
trizias) ist es mir immer noch nicht gelungen, mich zu
verheiraten, und ich schlage mich mit einer Kurzwaren-
handlung durch, die meine arme Mutter mir vererbt hat;
ich bin ein bisschen appetitlos und zutiefst neurotisch; ich
suche jemanden, der mit mir ins Bett geht, egal, ob er verheiratet ist, Hauptsache, er hat Lust dazu. Oder auch diese:
Ich hoffe immer noch, dass es eine Frau gibt, die zu wahrer
Liebe fähig ist, ich bin ein unverheirateter Bankangestellter,
29, glaube gut auszusehen und einen lebhaften Charakter zu
haben und suche ein schönes, seriöses und gebildetes Mäd-
chen, das mich in eine wunderbare Liebesgeschichte verwi-
ckelt. Interpretation: Ich komme mit den Mädchen nicht
klar, die wenigen, die ich gefunden habe, waren Bestien
und wollten nur heiraten, um versorgt zu sein; man stelle
sich vor, ich müßte mit dem Wenigen, was ich verdiene,
auch noch sie unterhalten; und dann sagen sie, ich hätte
einen lebhaften Charakter, weil ich sie dahin zurückschi-
cke, wo sie hergekommen sind! Also, ich bin kein Ekel, gibt
es noch irgendwo eine Bohnenstange, die wenigstens nicht
›Hau ab‹ sagt und noch Lust auf ein paar schöne Bumse-
reien hat, ohne allzu viel zu verlangen? – Hier zum Abschluss noch eine tolle Suchanzeige, in der es nicht um
Partnersuche geht: *Theatertruppe sucht Schauspieler, Kom-*
parsen, Maskenbildner, Kostümschneiderinnen und Regisseur

für die nächste Saison. Das Publikum haben sie hoffentlich schon!«

Maia war wirklich zu gut für *Domani.* »Du wirst doch nicht ernstlich wollen, dass Simei solche Sachen publiziert? Für den passen höchstens die Anzeigen, nicht deine Interpretationen!«

»Ich weiß, ich weiß, aber man wird doch noch träumen dürfen.«

Dann fragte sie mich kurz vor dem Einschlafen: »Du, der alles weiß, weißt du, warum man für ›den Kopf verlieren‹ im Italienischen *perdere la Trebisonda* sagt? Und *andare in cimbali* für ›quietschvergnügt werden‹?«

»Nein, das weiß ich nicht, was fragst du solche Sachen um Mitternacht?«

»Ha, aber ich weiß es, oder besser, ich hab's neulich gelesen. Es gibt zwei Erklärungen, die eine ist: Weil Trebisonda, türkisch Trabzon, griechisch Trapezunt, der größte Hafen am Schwarzen Meer war, hieß ›den Kurs nach Trebisonda verlieren‹ für die italienischen Kaufleute soviel wie, das in die Handelsreise gesteckte Geld zu verlieren. Die andere, die mir glaubwürdiger erscheint, ist: Trapezunt stellte einen sichtbaren Orientierungspunkt für die Seefahrer dar, und wenn man den verlor, verlor man die Orientierung oder den Kompass oder eben den Kopf. Was die andere Redewendung angeht, *andare in cimbali,* ›in die Zymbeln gehen‹, die gewöhnlich für einen mittleren Trunkenheitszustand gebraucht wird, also wenn jemand richtig schön angeschickert ist, so sagt das etymologische Wörterbuch, dass sie ursprünglich ›übermäßig froh sein‹ bedeutete und auf Psalm 150,5 zurückgeht, wo es heißt:

laudate eum in cymbalis iubilationi – lobet ihn mit klingenden Zymbeln.«

»In wessen Hände bin ich gefallen! Wie kann eine, die solche Interessen hat, sich jahrelang mit prominenten Liebschaften abgegeben haben?«

»Wegen der Kröten, wegen der verdammten Kröten! Sowas kommt vor, wenn man Versagerin ist.« Sie kuschelte sich näher an mich heran. »Aber jetzt bin ich weniger Versagerin als früher, weil ich dich im Lotto gewonnen habe.«

Was soll man zu einer so Verdrehten sagen, wenn nicht, dass man sie gleich noch einmal lieben will. Und während ich das tat, fühlte ich mich fast wie ein Gewinner.

Am Abend des 23. hatten wir das Fernsehen nicht angemacht, und so lasen wir erst am nächsten Morgen in der Zeitung vom Attentat auf Giovanni Falcone. Wir waren darüber so entsetzt, dass der Schock auch noch am folgenden Morgen anhielt, als wir in die Redaktion kamen. Auch die anderen waren reichlich verstört.

Costanza fragte Simei, ob wir nicht eine Nummer über diesen Fall machen sollten. »Denken wir mal drüber nach«, erwiderte Simei zögernd. »Wenn man vom Tod des Untersuchungsrichters Falcone spricht, muss man von der Mafia sprechen, das Versagen der Ordnungskräfte beklagen und solche Dinge. Mit einem Schlag machen wir uns die Polizei, die Carabinieri und die Cosa Nostra zu Feinden. Ich weiß nicht, ob das dem Commendatore gefallen kann. Wenn wir eine echte Zeitung machen und ein Richter wird in die Luft gesprengt, dann müssen wir natürlich darüber berichten, und dabei würden wir sofort riskieren, uns in Hypothesen zu ergehen, die schon wenige Tage später widerlegt sein könnten. Echte Zeitungen müssen solche Risiken eingehen, aber warum wir? Gewöhnlich ist die klügste Lösung auch für richtige Zeitungen, sich aufs Menschliche zu verlegen, also Interviews mit den Angehörigen zu machen. Wenn Sie mal darauf achten, werden Sie sehen, dass die Fernsehfritzen so vorgehen. Sie klingeln an der Haustür der Mutter, deren zehnjähriger Sohn ins Säurebad gelegt worden ist, und fragen: Signora, was haben Sie beim Tod Ihres Sohnes empfunden? Den Zuschauern schießen die Tränen in die Augen, und alle sind zufrieden. Es gibt ein schönes deutsches Wort, *Schadenfreude*, das Vergnügen am Unglück anderer. Dieses Gefühl ist es, das eine Zeitung respektieren und nähren muss. Aber bisher sind wir noch nicht gezwungen, uns mit diesen unschönen Dingen zu beschäftigen, und die Empörung überlassen wir gerne den linken Zeitungen, die sind darauf spezialisiert. Außerdem ist es keine so umwerfende Nachricht. Es sind schon viele Richter umgebracht worden, und sicher werden noch mehr dran glauben müssen. Wir werden noch viele gute Gelegenheiten haben. Für heute lassen wir's lieber.«

Nachdem Falcone auf diese Weise ein zweites Mal liquidiert worden war, widmeten wir uns ernsthafteren Dingen.

Später kam Braggadocio zu mir und stieß mich mit dem Ellbogen an: »Siehst du? Du wirst kapiert haben, dass auch dieser Fall meine Geschichte bestätigt.«

»Was zum Teufel hat der damit zu tun?«

»Das weiß ich noch nicht genau, aber er wird schon etwas damit zu tun haben. Alles hat immer mit allem zu tun, wenn man den Kaffeesatz richtig liest. Lass mir noch etwas Zeit.«

XIV

Mittwoch, 27. Mai

Eines morgens beim Aufwachen sagte Maia: »Also der gefällt mir nicht sehr.«

Ich war inzwischen an das Spiel mit ihren Synapsen gewöhnt. »Sprichst du von Braggadocio?«, fragte ich sie.

»Klar, von wem sonst?« Dann, als hätte sie sich's überlegt: »Aber du, wie bist du darauf gekommen?«

»Meine Liebe, wie Simei sagen würde, wir beide kennen
sechs Personen gemeinsam, ich habe mir überlegt, wer dich
am unhöflichsten behandelt hat, und da bin ich auf Braggadocio gekommen.«

»Aber du hättest auch, was weiß ich, auf Präsident Cossiga kommen können.«

»Bin ich aber nicht, ich habe an Braggadocio gedacht.
Und überhaupt, wieso versuchst du, wenn ich dich einmal
auf Anhieb richtig verstehe, die Dinge zu komplizieren?«

»Siehst du, dass du anfängst, so zu denken wie ich?«

Verdammt, sie hatte recht.

»Die Schwuchteln«, sagte Simei an jenem Morgen während der täglichen Redaktionssitzung. »Die Schwuchteln sind ein Thema, das immer geht.«

»Man sagt nicht mehr Schwuchteln«, traute sich Maia zu widersprechen. »Man sagt heute: die Schwulen. Oder nicht?«

»Ich weiß, ich weiß, meine Liebe«, erwiderte Simei hörbar verärgert. »Aber unsere Leser sagen noch Schwuchteln, oder zumindest denken sie es, weil das Wort ihnen so einen schönen Schauder verursacht. Ich weiß auch, dass man heute nicht mehr Neger sagt, sondern Schwarzer, und nicht mehr Blinder, sondern Sehbehinderter. Aber ein Schwarzer ist immer schwarz, und ein Sehbehinderter sieht kein bisschen, der Ärmste. Ich habe nichts gegen Schwuchteln, das ist wie mit den Negern, ich kann sehr gut mit ihnen leben, wenn sie bei sich zu Hause bleiben.«

»Aber warum sollen wir uns mit den Schwulen beschäftigen, wenn sie unsere Leser schaudern lassen?«

»Meine Liebe, ich denke nicht an die Schwuchteln im allgemeinen, ich bin für die Freiheit, jeder soll tun, was er will. Aber es gibt welche in der Politik, im Parlament und sogar in der Regierung. Die Leute meinen, Schwuchteln seien nur Schriftsteller oder Tänzer, und dabei erteilen einige von ihnen uns längst auch Befehle, ohne dass wir es merken. Sie sind eine Mafia, und sie helfen sich gegenseitig. Und dafür müssen wir unsere Leser sensibilisieren.«

Maia ließ nicht locker: »Aber die Dinge ändern sich, vielleicht wird in zehn Jahren ein Schwuler sagen können, dass er schwul ist, ohne dass sich jemand groß darüber aufregt.«

»In zehn Jahren mag passieren, was passieren muss, wir alle wissen ja, dass die Sitten und Bräuche verkommen. Aber noch sind unsere Leser sensibel für dieses Thema. Lucidi, Sie haben doch so viele interessante Quellen, was könnten Sie uns über Schwuchteln in der Politik sagen? Aber wohlgemerkt, ohne Namen zu nennen, wir wollen ja nicht vor Gericht landen, es geht darum, die Idee zu schüren, das Gespenst zu beschwören, einen Schauder zu erregen, ein Gefühl des Unbehagens …«

»Also, Namen könnte ich Ihnen viele nennen«, sagte Lucidi. »Aber wenn es darum geht, wie Sie sagen, einen Schauder zu erregen, dann könnte man von einer gewissen Buchhandlung in Rom erzählen, von der Gerüchte umgehen, dass sich dort hochgestellte Homosexuelle treffen, ohne dass es jemand merkt, denn die Mehrheit der dortigen Kunden sind ganz normale Leute. Und manche sagen, in dieser Buchhandlung könne man auch einen Briefumschlag mit Kokain bekommen – man nimmt ein Buch, trägt es zur Kasse, der Verkäufer packt es ein und schiebt den Umschlag mit hinein. Man weiß von … gut, keine Namen, man weiß von einem, der auch mal Minister war, dass er homosexuell ist und kokst. Alle wissen das, oder jedenfalls diejenigen, auf die es ankommt, dort gehen ja nicht die prolligen Dickärsche hin und nicht mal die Tänzer, denn sie würden zu sehr auffallen mit ihren affektierten Bewegungen.«

»Von Gerüchten zu sprechen ist immer sehr gut, am besten mit ein paar pikanten Details, als ginge es bloß um ein Szenestück. Aber es gibt auch eine Art, Namen zu suggerieren. Zum Beispiel können Sie schreiben, dass der Ort absolut respektabel ist, weil er von vielen hochachtbaren Leuten besucht wird, und da nennen Sie dann sieben, acht Namen von Schriftstellern, Journalisten und Senatoren, die über jeden Verdacht erhaben sind. Nur dass Sie darunter auch einen oder zwei nennen, die Schwuchteln sind. So kann man nicht sagen, wir hätten jemanden verunglimpft, denn diese Namen sind ja ausdrücklich als Beispiele für vertrauenswürdige Personen genannt worden. Mehr noch, setzen Sie auch den Namen von jemanden rein, der als Vollzeit-Schürzenjäger bekannt ist und bei dem man sogar die Namen seiner Geliebten kennt. Auf diese Weise haben wir sozusagen eine verschlüsselte Nachricht gesendet, wer sie verstehen will, der versteht sie, und manche haben verstanden, dass wir noch sehr viel mehr schreiben könnten, wenn wir wollten.«

Maia war angewidert, und man sah es, aber alle anderen waren begeistert von der Idee, und wie man Lucidi kannte, war ein schön giftiges Stück von ihm zu erwarten.

Maia ging früher als die anderen, und beim Hinausgehen winkte sie mir kurz zu, wie um zu sagen, entschuldige, aber heute muss ich allein bleiben, ich werde eine Schlaftablette nehmen. So fiel ich Braggadocio in die Hände, der mir Neues von seinen Recherchen erzählte, während wir durch die Straßen gingen und, wie es der Zufall wollte, in die Via Bagnera gelangten, als sollte die Düsternis des Ortes das Schaurige seines Berichts unterstreichen.

»Hör zu, jetzt bin ich auf eine Reihe von Dingen gestoßen, die meine Hypothese widerlegen könnten, aber wie du sehen wirst, ist es nicht so. Also, der aufgeschnittene

Mussolini wird notdürftig wieder zusammengenäht und mit Claretta und den anderen auf dem Friedhof von Musocco beigesetzt, aber in einem anonymen Grab, damit niemand nostalgische Pilgerfahrten zu ihm machen kann. Das müsste es auch gewesen sein, was sich diejenigen wünschten, die dem echten Mussolini zur Flucht verholfen hatten, nämlich dass man nicht allzu viel von seinem Tod sprach. Gewiss konnte man nicht den Mythos vom verborgenen Barbarossa kreieren, der bei Hitler so gut funktionierte, weil man bei dem nicht wusste, wo seine Leiche war und ob er überhaupt tot war. Aber auch wenn man bei Mussolini davon ausging, dass er tot war (und die Partisanen feierten Piazzale Loreto weiter als magischen Moment der Befreiung), musste man sich darauf einstellen, dass der Tote eines Tages wieder auftauchen würde – ganz der Alte, mehr als der Alte, wie es in dem Lied heißt –, und man konnte ihn nicht gut in diesem zusammengeflickten Zustand wieder auftauchen lassen. Doch nun trat dieser Spielverderber Leccisi auf den Plan.«

»Ich erinnere mich dunkel, war das nicht der, der Mussolinis Leiche entwendet hatte?«

»Genau. Ein Grünschnabel von sechsundzwanzig Jahren, letzter Auswurf von Salò, lauter Ideale und keine Idee. Er wollte seinem Idol ein wiedererkennbares Grab verschaffen oder jedenfalls mit einem Skandal für den aufkeimenden Neofaschismus werben. Er stellt eine Bande von Hirnlosen wie er selbst zusammen, und eines nachts im April 1946 schleicht er sich auf den Friedhof. Die wenigen Nachtwächter schlafen tief, er geht direkt zu dem Grab, es ist klar, dass ihn jemand informiert haben muss, wo es liegt, er gräbt die Leiche aus, die inzwischen noch mehr zerfallen ist als bei der Bestattung – inzwischen ist ein Jahr vergangen, du kannst dir vorstellen, was er gefunden hat –, und trägt sie klammheimlich davon, so gut er kann, wobei er unterwegs auf den Friedhofsalleen hier einen Fetzen verwestes Fleisch, dort sogar zwei Knochen verliert. Wie um zu zeigen, was für ein Trottel er ist.«

Ich hatte den Eindruck, dass Braggadocio entzückt gewesen wäre, wenn er an dieser die Luft verpestenden Überführung hätte teilnehmen können, inzwischen traute ich seiner Nekrophilie alles zu. Ich ließ ihn weiterreden.

»Sensation, Riesenschlagzeilen in den Zeitungen, Polizei und Carabinieri suchen hundert Tage lang überall, ohne eine Spur von der Leiche zu finden, dabei hätte sie mit dem Verwesungsgestank, den sie verbreitete, auf der ganzen Wegstrecke eine manifeste Geruchsspur hinterlassen müssen. Wie auch immer, schon wenige Tage nach dem Raub wird ein erster Mittäter gefunden, ein gewisser Rana, und dann nach und nach auch die anderen, bis schließlich Ende Juli der Anführer Leccisi selbst gefasst wird. Und man entdeckt, dass die Leiche zunächst eine Weile im Hause von Rana im Veltlin versteckt worden war und dann im Mai an Pater Zucca, den Prior des Franziskanerklosters Sant'Angelo in Mailand übergeben wurde, der sie im dritten Schiff seiner Kirche einmauern ließ. Die Sache mit Pater Zucca und seinem Mitbruder Pater Parini ist eine eigene Geschichte, die einen haben sie als die geistigen Anführer eines reaktionären Mailand gesehen, die sogar mit Falschgeld und Drogen in neofaschistischen Kreisen handelten, die anderen als gutherzige Brüder, die sich der

Pflicht jedes guten Christen, *parce sepultos*, nicht entziehen konnten, aber auch diese Frage interessiert mich nicht sonderlich. Mich interessiert, dass die Regierung sich beeilte, die Leiche mit Zustimmung von Kardinal Schuster in einer Kapelle des Kapuzinerklosters Cerro Maggiore beisetzen zu lassen, wo sie von 1946 bis 1957 blieb, elf Jahre lang, ohne dass ihr Geheimnis enthüllt wurde. Du begreifst sicher, dass dies der entscheidende Punkt ist. Der Idiot von Leccisi hatte riskiert, dass die Leiche des Doppelgängers wieder ans Licht kam, die man in diesem Zustand nicht noch einmal ernsthaft untersuchen konnte, und in jedem Fall war es für die Drahtzieher der Affäre Mussolini besser, den Mantel des Schweigens über alles zu breiten und dafür zu sorgen, dass die Leiche verschwand. Allerdings geschieht es dann, während Leccisi inzwischen (nach einundzwanzig Monaten Gefängnis) eine Karriere als Parlamentsabgeordneter macht, dass der neue Ministerpräsident Adone Zoli, der mit den Stimmen der Neofaschisten an die Regierung gekommen ist, zum Dank dafür erlaubt, dass die Leiche der Familie zurückgegeben wird, und so wird sie nun in Mussolinis Geburtsstadt Predappio erneut beigesetzt, diesmal in einer Art Gedenkstätte, zu der noch heute die alten Nostalgiker und die neuen Fanatiker pilgern, in Schwarzhemd und mit römischem Gruß. Ich glaube, dass Zoli über die Existenz des echten Mussolini nicht auf dem laufenden war, weshalb ihn die Verehrung des Doppelgängers nicht störte. Ich weiß nicht, vielleicht war es auch anders, aber das Geschick des Doppelgängers lag vielleicht gar nicht mehr in den Händen der Neofaschisten, sondern in anderen, sehr viel mächtigeren.«

»Aber entschuldige, welche Rolle spielt dabei Mussolinis Familie? Entweder weiß sie nicht, dass der Duce noch lebt, und das scheint mir kaum möglich, oder sie hat akzeptiert, dass ihr eine falsche Leiche ins Haus gebracht wurde.«

»Also, ich hab noch nicht ganz verstanden, wie die Situation der Angehörigen war. Ich denke auch, sie müssen gewusst haben, dass ihr Ehemann und Vater noch irgendwo lebte. Wenn er sich im Vatikan versteckte, war es schwierig, ihn zu besuchen, jemand mit dem Namen Mussolini konnte nicht unbeobachtet in den Vatikan hinein. Besser ist da die Hypothese Argentinien. Gibt es dafür Indizien? Nimm Mussolinis ältesten Sohn Vittorio. Er entkommt den Säuberungen, wird Drehbuchautor und Filmproduzent und lebt nach dem Krieg lange in Argentinien. Hörst du, in Argentinien! Um seinem Vater nahe zu sein? Wir wissen es nicht, aber wieso gerade Argentinien? Und es gibt Fotos von seinem Bruder Romano und anderen Personen, die ihn zum Abflug nach Buenos Aires auf den Flughafen Ciampino bringen. Warum soviel Aufwand bei der Abreise eines Bruders, der schon vor dem Krieg sogar in den Vereinigten Staaten war? Und Romano? Nach dem Krieg wird er ein bekannter Jazzpianist, der auch Konzerte im Ausland gibt, sicher kümmert sich die Geschichtsschreibung nicht um seine Konzertreisen, aber wird er nicht auch in Argentinien aufgetaucht sein? Und Mussolinis Frau Rachele? Sie ist auf freiem Fuß, niemand kann sie daran gehindert haben zu reisen, womöglich ist sie, um nicht aufzufallen, über Paris oder Genf nach Buenos Aires geflogen. Wer weiß? Als es zu jenem Deal zwischen Leccisi und Zoli kam, der dazu führte, dass ihr jener Rest von Leiche aufgetischt wurde, konnte sie ja nicht hingehen und sagen, dass es die Leiche eines anderen war, sie musste gute Miene zum bösen Spiel machen und das Geschenk annehmen, es dient ihr dazu, den Drang nach Faschismus unter den Nostalgikern am Leben zu erhalten, in Erwartung der Rückkehr des echten Duce. Wie auch immer, die Geschichte der Familie interessiert mich nicht, denn hier beginnt der zweite Teil meiner Recherchen.«

»Was passiert da?«

»Genug für heute, die Zeit des Abendessens ist vorbei, und mir fehlen noch einige Steinchen in meinem Mosaik. Wir reden später darüber.«

Mir war nicht klar, ob Braggadocio wie ein geübter Suspense-Taktiker vorging, der mir seinen Roman in Fortsetzungen mit Cliffhanger präsentierte, oder ob er wirklich noch dabei war, seine Geschichte Stück für Stück zusammenzusetzen. In jedem Fall lag mir nichts daran zu insistieren, denn inzwischen hatte mir dieses ganze Hin und Her von übelriechenden Resten den Magen umgedreht. Ich wankte nach Hause und nahm ebenfalls eine Schlaftablette.

XV

Donnerstag, 28. Mai

»Für die Nummer 0/2 sollten wir einen Hintergrundartikel über Ehrlichkeit planen«, sagte Simei an jenem Morgen. »Inzwischen weiß man ja, dass in den Parteien ein Verrottungsprozess im Gange war und alle Schmiergeld nahmen, wir müssen also zu verstehen geben, dass wir, wenn wir wollten, eine Kampagne gegen alle Parteien lostreten könnten. Wir müssten die Idee einer neuen Partei der Ehrlichen vorbringen, einer Partei ehrlicher Bürger, die eine andere Art von Politik verlangen.«

»Da würde ich aber vorsichtig sein«, sagte ich. »War das nicht die Position des Poujadismus, der bei uns *Qualunquismus* genannt wurde, die Position des sogenannten *Uomo Qualunque*, des ›gewöhnlichen Mannes auf der Straße‹«?

»Der sogenannte gewöhnliche Mann auf der Straße ist von der damals sehr mächtigen und sehr gerissenen Christdemokratie aufgesogen und entmannt worden«, sagte Simei. »Dagegen ist diese Christdemokratie von heute ins Wanken geraten, ihre heroischen Zeiten sind längst vorbei, sie ist nur noch eine Horde von Deppen. Außerdem wissen unsere Leser nicht mehr, was der *Uomo Qualunque* war, das sind Geschichten von vor fünfzig Jahren, unsere Leser erinnern sich ja nicht mal mehr an das, was vor zehn Jahren passiert ist. In einer wichtigen Zeitung habe ich gerade zwei Fotos gesehen, in einem Gedenkartikel über die Resistenza, eins von einem Lastwagen voller Partisanen und das andere von einem Trupp Männer in Faschistenuniformen, die die Hände zum römischen Gruß erhoben und in der Bildlegende als *squadristi* bezeichnet wurden. Was für ein Unsinn, die Squadristen waren die Schwarzhemden der zwanziger Jahre, die trugen keine Uniformen aus grobem Wolldrillich, sondern eben Schwarzhemden, und auf dem Foto sind Angehörige der faschistischen Miliz aus den dreißiger und frühen vierziger Jahren zu sehen, was ein Zeitzeuge meines Alters leicht erkennt. Ich verlange nicht, dass in den Redaktionen nur Zeitzeugen meines Alters sitzen, aber ich kann noch sehr gut an den Uniformen die Bersaglieri des Generals La Marmora von den Truppen des Generals Bava Beccaris unterscheiden, obwohl zur Zeit meiner Geburt beide längst tot waren. Und wenn schon unsere Kollegen ein so schlechtes Gedächtnis haben, wie sollen sich dann unsere Leser noch an den *Uomo Qualunque* erinnern. Aber zurück zu meiner Idee: Eine neue Partei der Ehrlichen könnte sehr viele Leute interessieren.«

»*Die Liga der Ehrlichen*«, sagte Maia lächelnd. »So hieß ein früher Roman von Giovanni Mosca aus der Vorkriegszeit, der aber immer noch amüsant zu lesen ist. Es geht darin um eine Liga ehrenwerter Bürger, die das Ziel verfolgt, sich per Infiltration unter die Unehrlichen zu mischen, um sie zu entlarven und am Ende zur Ehrlichkeit zu bekehren. Um jedoch von den Unehrlichen akzeptiert zu werden, müssen die Mitglieder der Liga sich unehrenhaft benehmen. Sie können sich vorstellen, wie es weitergeht, die Liga der Ehrlichen verwandelt sich schrittweise in eine Liga der Unehrlichen.«

»Das ist Literatur, meine Liebe«, sagte Simei, »und wer kennt heute noch diesen Mosca? Sie lesen zuviel. Lassen wir Ihren Mosca beiseite, aber wenn Ihnen die Sache zuwider ist, brauchen Sie sich nicht damit zu beschäftigen. Doktor Colonna wird mir zur Hand gehen, einen überzeugenden Grundsatzartikel zu schreiben. Er ist ein Virtuose.«

»Das kann man schon machen«, sagte ich. »Der Appell an die Ehrlichkeit ist immer sehr gut.«

»Die Liga der Unehrlichen«, feixte Braggadocio mit einem Blick auf Maia. Wirklich, die beiden waren nicht füreinander geschaffen. Und mir missfiel es immer mehr, dass diese muntere Meise, die so erstaunlich viel wusste, in Simeis Käfig gefangen saß. Aber ich sah keine Möglichkeit, sie daraus zu befreien. Ihr Problem wurde immer mehr zu meinem beherrschenden Gedanken (war es vielleicht auch der ihre?) und verleidete mir so den ganzen Rest.

In der Mittagspause, als wir zur Bar hinuntergingen, um einen Happen zu essen, fragte ich sie: »Willst du, dass wir alles auffliegen lassen, dass wir diesen ganzen Unsinn anprangern und Simei mit seiner Kompanie öffentlich bloßstellen?«

»Und zu wem willst du dann gehen?«, fragte sie mich. »Erstens sollst du dich nicht für mich ruinieren, und zweitens, wem willst du diese Geschichte erzählen, wenn die Zeitungen, wie ich allmählich begreife, doch alle aus demselben Holz geschnitzt sind? Sie beschützen sich gegenseitig …«

»Werd' du jetzt nicht wie Braggadocio, der überall Komplotte sieht. Aber gut, entschuldige. Ich rede so nur, weil …« – ich wusste nicht, wie ich es sagen sollte – »weil ich glaube, dass ich dich liebe.«

»Weißt du, dass es das erste Mal ist, dass du mir das sagst?«

»Dummchen, haben wir nicht immer dieselben Gedanken?«

Aber es stimmte. Es war mindestens dreißig Jahre her, dass ich so etwas nicht mehr gesagt hatte. Es war Mai, und nach dreißig Jahren spürte ich zum ersten Mal wieder den Frühling in den Knochen.

Wieso habe ich eben an Knochen gedacht? Weil genau an diesem Nachmittag, ich weiß es noch gut, Braggadocio mich im Gemüsemarktviertel Verziere vor der Kirche San Bernardino alle Ossa treffen wollte. Sie war in einem Gässchen an der Ecke der Piazza Santo Stefano.

»Schöne Kirche«, sagte Braggadocio, als wir hineingingen. »Sie war hier schon im Mittelalter, aber nach diversen Einstürzen, Bränden und anderen Widrigkeiten ist sie erst im sechzehnten Jahrhundert so wiederaufgebaut worden. Ihr Zweck war, die Knochen eines Friedhofs für Leprakranke aufzunehmen, der hier in der Nähe lag.«

Dacht' ich's mir doch. Nachdem Braggadocio Mussolinis Leiche abgehakt hatte, die er nie mehr würde ausgraben können, suchte er sich jetzt neue Inspirationen bei Toten. Und tatsächlich gelangten wir durch einen Gang ins Ossarium. Der Raum war leer, nur eine alte Frau saß auf einer Bank in der ersten Reihe und betete mit dem Kopf in den Händen. Totenschädel drängten sich dicht an dicht in hohen Nischen zwischen Lisenen, Kästen voller Knochen, Schädel in Kreuzform angeordnet auf einem Mosaik aus weißlichen Steinen, die weitere Knochen waren, vielleicht Teile von Wirbelsäulen, Gelenke, Schlüsselbeine, Brustbeine, Schulterblätter, Handwurzeln, Mittelhandknochen, Steißbeine, Kniescheiben, Fußwurzeln, Sprungbeine, was weiß ich. Überall erhoben sich Gebäude aus Knochen, die das Auge senkrecht nach oben lenkten bis zu einer Deckenmalerei in der Manier von Tiepolo, hell leuchtend, fröhlich, ein Meer von rosa- und cremefarbenen Wolken, zwischen denen Engel und triumphierende Seelen schwebten. Auf einem waagrechten Rahmen über der verriegelten alten Eingangstür reihten sich, wie Porzellangefäße in den Glasschränken einer Apotheke, Schädel mit weit aufgerissenen Augenhöhlen. In den Nischen auf Blickhöhe des Besuchers, hinter einem weitmaschigen Gitter, durch das man die Finger stecken konnte, waren die Knochen und Schädel blank und glattpoliert durch die jahrhundertelange Berührung frommer oder nekrophiler Hände, wie die Füße der Statue des heiligen Petrus in Rom. Die Schädel waren, über den Daumen gepeilt, mindestens tausend, die kleineren Knochen unzählig viele, und auf den Lisenen prangten Christusmonogramme, geformt aus Schienbeinknochen, die aussahen wie die Jolly Rogers der Piraten von Tortuga.

»Das sind nicht nur die Knochen der Leprakranken«, erklärte mir Braggadocio, als gäbe es nichts Schöneres auf der Welt. »Hier sind auch Skelette aus anderen Friedhöfen in der Nähe, besonders von Verurteilten, von Geköpften, von im Krankenhaus oder im Gefängnis Gestorbenen, vermutlich auch von Dieben oder Straßenräubern, die zum Sterben in die Kirche gekommen waren, weil sie keinen anderen Ort hatten, wo sie in Frieden den Löffel abgeben konnten, das Verziere-Viertel hatte einen sehr schlechten Ruf … Ich muss lachen, wenn ich diese Alte da beten sehe, als wäre dies hier das Grab eines Heiligen mit kostbaren Reliquien, dabei handelt es sich um die sterblichen Reste von Schurken, Banditen und verdammten Seelen. Dennoch waren die alten Mönche pietätvoller als die Bestatter und Wiederausgräber Mussolinis, sieh nur, mit welcher Sorgfalt, mit welcher Liebe zur Kunst – und sei's auch mit welchem Zynismus – sie diese Gebeine angeordnet haben, als handle es sich um byzantinische Mosaiken. Die Alte da vorn ist verführt von diesen Bildern des Todes, die sie mit Bildern der Heiligkeit verwechselt, und doch, ich weiß nicht mehr genau wo, aber unter dem Altar dort müsste man das halb mumifizierte Körperchen eines kleinen Mädchens sehen können, das in der Nacht der Toten, heißt es, zusammen mit anderen Skeletten herauskommt, um seinen Totentanz aufzuführen.«

Ich stellte mir vor, wie die Kleine ihre knochigen Freundinnen an der Hand hinaus und bis in die Via Bagnera führte, aber ich sagte nichts. Von ähnlich makabren Ossarien hatte ich das der Kapuziner in Rom gesehen und die furchterregenden Katakomben von Palermo, wo ganze Leichname aufrecht stehen oder liegen, mumifiziert und bekleidet mit zerlumpten Prachtgewändern, aber Braggadocio begnügte sich offensichtlich mit seinen Mailänder Gerippen.

»Es gäbe da auch noch das *Putridarium*, man geht eine kleine Treppe vor dem Hauptaltar hinunter, aber dazu braucht man den Sakristan und einen guten Humor. Die Mönche setzten die Leichen ihrer verstorbenen Mitbrüder zum Verwesen und Zerfallen auf steinerne Bänke, und dort dehydrierten die Körper langsam vor sich hin, ihre Flüssigkeiten trockneten aus, und am Ende waren die Skelette sauber wie die Zähne in der Werbung für Duxident. Vor ein paar Tagen dachte ich, dies wäre der ideale Ort gewesen, um Mussolinis Leiche zu verstecken, nachdem Leccisi sie geraubt hatte, aber leider schreibe ich keinen Roman, sondern rekonstruiere historische Tatsachen, und es ist historische Tatsache, dass jener Rest des Duce damals woanders versteckt wurde. Schade. Aber jetzt weißt du, warum ich in letzter Zeit diesen Ort hier öfter aufgesucht habe, er hat mich für eine Geschichte über irdische Reste zu schönen Gedanken inspiriert. Es gibt Leute, die sich dadurch inspirieren, dass sie die Dolomiten betrachten oder den Lago Maggiore, und ich inspiriere mich eben hier. Ich hätte Wächter in einem Leichenschauhaus werden sollen. Vielleicht kommt es daher, dass mein Großvater auf so unschöne Weise gestorben ist, er ruhe in Frieden.«

»Aber warum hast du *mich* hierhin geführt?«

»Nur so, ich *muss* manchmal jemandem in aller Ruhe

von dem erzählen, was in mir gärt und kocht, sonst werde ich verrückt. Wenn man der einzige ist, der die Wahrheit erfasst hat, kann sich einem der Kopf drehen. Und hier ist nie jemand, außer gelegentlich ein ausländischer Tourist, der keinen Deut versteht. Die Sache ist nämlich die, dass ich endlich zu *Stay-behind* gelangt bin.«

»Zu *was*?«

»Also, du erinnerst dich, dass ich noch entscheiden musste, was mit dem Duce geschehen sollte, dem echten, damit er nicht im Vatikan oder in Argentinien verfault und wie sein Doppelgänger endet. Was machen wir mit dem Duce?«

»Ja, was machen wir mit ihm?«

»Also, die Alliierten oder die für sie sprachen wollten ihn lebend haben, um ihn im passenden Augenblick hervorziehen und einer kommunistischen Revolution oder einem sowjetischen Angriff entgegenstellen zu können. Während des zweiten Weltkriegs hatten die Engländer die Aktionen der Widerstandsbewegungen in den von der Achse besetzten Ländern durch ein Netzwerk koordiniert, das von einer Abteilung der Nachrichtendienste des Vereinigten Königreichs geleitet wurde, der *Special Operations Executive*, die nach dem Krieg aufgelöst, aber zu Beginn der fünfziger Jahre reaktiviert worden ist, als Kern einer neuen Organisation, die sich in den verschiedenen europäischen Ländern einer Invasion der Roten Armee entgegenstellen sollte, oder auch den örtlichen Kommunisten, wenn sie einen Staatsstreich zu machen versuchten. Die Koordinierung erfolgte durch das Oberkommando der alliierten Streitkräfte in Europa, und so kam es zur Gründung der

Stay-behind-Organisationen (›Dahinter bleiben‹, soll heißen: hinter den Linien) in Belgien, Frankreich, Westdeutschland, England, Holland, Luxemburg, Dänemark und Norwegen. Eine paramilitärische Geheimorganisation. In Italien waren die Voraussetzungen dafür seit 1949 gegeben, 1959 traten die italienischen Geheimdienste einem Planungs- und Koordinationskomitee bei, und 1964 entstand offiziell die Organisation Gladio, finanziert von der CIA. *Gladio* – der Name müsste dir was sagen, denn *gladius* ist das Schwert der römischen Legionäre, und daher erinnert der Name *Gladio* an Namen wie *Liktorenbündel* oder dergleichen. Ein Name, der pensionierte Militärs, Abenteurer und Faschismusnostalgiker aufhorchen lässt. Der Krieg war vorbei, aber viele Leute schwelgten noch in der Erinnerung an heroische Tage, an Sturmangriffe mit Bomben in Händen und einer Blume im Mund, an Maschinengewehrsalven. Es waren ehemalige Anhänger der Republik von Salò oder sechzigjährige Idealisten und Katholiken, die sich bei der Vorstellung grausten, die Kosaken könnten ihre Pferde in den Weihwasserbecken von Sankt Peter tränken, aber auch Fanatiker der verschwundenen Monarchie, und manche behaupten, sogar Edgardo Sogno habe da mitgemacht, der doch ein Anführer der Partisanen in Piemont gewesen war, ein Held, aber Monarchist bis in die Knochen und folglich dem Kult einer verschwundenen Welt zugetan. Die Rekruten wurden in ein Ausbildungslager in Sardinien geschickt, wo sie lernten (oder sich wieder erinnerten), wie man Brücken sprengt, wie man mit Maschinengewehren umgeht, wie man nachts Feindesgruppen überfällt mit dem Dolch zwischen den Zähnen, wie man Guerrilla- und Sabotageakte vollführt …«

»Aber das müssen doch ältere Leute gewesen sein, pensionierte Obristen, kränkelnde Feldwebel, rachitische Buchhalter, ich kann mir nicht vorstellen, dass sie Brückenpfeiler und Masten hochklettern wie in *Die Brücke am Kwai*.«

»Ja, aber es gab auch junge Neofaschisten, die begierig auf Handgreiflichkeiten waren, und gewaltbereite Hooligans aller Art.«

»Mir scheint, ich habe vor ein paar Jahren sowas gelesen.«

»Sicher, Gladio war seit Kriegsende jahrelang sehr geheim geblieben, nur die Nachrichtendienste und hohen Militärs wussten davon, und informiert wurden nur von Mal zu Mal die Ministerpräsidenten, die Verteidigungsminister und die Staatspräsidenten. Nach dem Zusammenbruch des Sowjetreichs hatte das Ganze dann praktisch jede Funktion verloren und war auch wohl zu teuer geworden, und 1990 hat sich ausgerechnet unser Präsident Cossiga zu Enthüllungen hinreißen lassen, und im selben Jahr erklärte Ministerpräsident Andreotti offiziell, es habe Gladio zwar gegeben, aber das sei kein Grund, sich allzusehr aufzuregen, die Sache sei damals nötig gewesen, ja, aber jetzt sei sie aus und vorbei, basta, Schluss mit dem alten Gejammer. Und tatsächlich machte dann niemand daraus ein Drama, alle haben die Geschichte so gut wie vergessen. Nur in Italien, in Belgien und in der Schweiz waren parlamentarische Untersuchungen eingeleitet worden, aber Präsident George H. W. Bush verweigerte jeden

Kommentar, weil er mitten in den Vorbereitungen für den Golfkrieg steckte und nicht wollte, dass die atlantische Allianz sich mit einem Makel befleckte. Die Geschichte wurde in allen Ländern, die zu Stay-behind gehörten, unter den Teppich gekehrt, mit einigen vernachlässigenswerten Zwischenfällen: In Frankreich wusste man seit langem, dass die berüchtigte OAS mit Angehörigen der französischen Stay-behind-Organisation gegründet worden war, aber nach dem gescheiterten Staatsstreich in Algerien hatte De Gaulle die Abtrünnigen wieder zur Ordnung gerufen. In Deutschland wurde behauptet, dass die Bombe vom Münchner Oktoberfest 1980 mit Sprengstoff aus einem Versteck der deutschen Stay-behind-Organisation gebaut worden war; in Griechenland war es die Stay-behind-Armee ›Hellenische Eingreiftruppe‹, die den Putsch der Obristen begonnen hatte, in Portugal ließ eine mysteriöse ›Aginter Press‹ den Präsidenten der Frente de Libertação de Moçambique (FRELIMO) Eduardo Mondlane ermorden. In Spanien wurden ein Jahr nach Francos Tod zwei Carlisten von rechtsextremen Terroristen erschossen, und im folgenden Jahr veranstaltete Stay-behind ein Massaker in Madrid, in einem legalen Büro der kommunistischen Partei; in der Schweiz erklärte gerade erst vor zwei Jahren der Ex-Kommandant der dortigen Stay-behind-Organisation, Oberst Aboth, in einem vertraulichen Brief an das Verteidigungsministerium, er sei bereit, ›die ganze Wahrheit‹ zu enthüllen, wonach man ihn tot in seinem Haus fand, erstochen mit seinem eigenen Bajonett. In der Türkei sind die ›Grauen Wölfe‹ mit Stay-behind liiert, dieselben, die dann in das Attentat auf Papst Johannes Paul II.

verwickelt waren. Ich könnte noch lange so fortfahren, ich habe dir nur einige wenige meiner Notizen vorgelesen, aber wie du siehst, sind es bloß Kleinigkeiten, ein Mord hier, ein Mord da, lauter Sachen für die Seite Vermischtes, und irgendwann gerät das alles in Vergessenheit. Das Problem ist, dass Zeitungen nicht dazu da sind, Nachrichten zu verbreiten, sondern sie zu verbergen. Wenn das Ereignis X eintritt, kannst du es nicht verschweigen, aber es verstört zu viele Leute, also packst du in dieselbe Nummer ein paar Schlagzeilen, die einem die Haare zu Berge stehen lassen – Mutter erwürgt ihre vier Kinder, unsere Ersparnisse gehen vielleicht bald in Flammen auf, Brief voller Beleidigungen von Garibaldi an Nino Bixio entdeckt, solche Sachen –, und deine Nachricht ertrinkt im großen Meer der Informationen. Aber mich interessiert, was Gladio in Italien von den sechziger Jahren bis 1990 getan hat. Die Organisation muss allerhand angestellt haben, womöglich findet man sie verzahnt mit terroristischen Bewegungen der extremen Rechten, sie hat 1969 beim Attentat an der Piazza Fontana mitgemischt, und damals – wir sind in den Zeiten der Studentenrevolten von Achtundsechzig und der heißen Herbste in den Fabriken – hat jemand kapiert, dass man zu Terroranschlägen anstacheln kann, um sie dann den Linken in die Schuhe zu schieben. Es heißt ja, auch die berüchtigte Loge P2 von Licio Gelli hätte ihre Hand mit im Spiel gehabt. Aber wieso verlegt sich eine Organisation, die ursprünglich die Sowjets bekämpfen sollte, jetzt nur noch auf Terroranschläge? Also musste ich die ganze Geschichte mit Fürst Junio Valerio Borghese noch einmal aufrollen.«

Bisher hatte mir Braggadocio vieles in Erinnerung gerufen, was man damals in den Zeitungen lesen konnte, denn in den sechziger Jahren war ausgiebig von Militärputschen und »Säbelrasseln« die Rede gewesen, und ich erinnerte mich an die Gerüchte über einen Staatsstreich, den General De Lorenzo geplant (wenn auch nie ausgeführt) haben sollte. Doch jetzt erinnerte mich Braggadocio an den sogenannten »Putsch der Förster«. Eine ziemlich groteske Geschichte, ich glaube, man hat auch einen satirischen Film darüber gedreht. Junio Valerio Borghese, auch »der Schwarze Prinz« genannt, hatte Mussolinis Elitetruppe Decima Flottiglia Mas kommandiert. Als Mann von einiger Courage, wie es hieß, und Faschist bis in die Haarspitzen, hatte er sich selbstverständlich der Republik von Salò angeschlossen, und man hat nie recht begriffen, warum er 1945, als Leute wie er hemmungslos füsiliert wurden, sich hatte retten können und sogar weiterhin die Aura des sauberen Kämpfers behielt – Baskenmütze schräg aufgesetzt, Maschinenpistole umgehängt, die typischen Kniebundhosen jener Truppe, Pullover mit Rundausschnitt, obwohl er ein Allerweltsgesicht hatte, mit dem, hätte man ihn auf der Straße in einem gewöhnlichen Buchhalteranzug gesehen, niemand ihm einen roten Heller gegeben hätte.

Dieser Borghese also hatte Ende 1970 gemeint, nun sei der Moment für einen Staatsstreich gekommen. Braggadocio vermutete, er habe sich wohl überlegt, dass Mussolini, wenn er aus seinem Exil zurückgeholt werden sollte, inzwischen fast siebenundachtzig sein würde, weshalb man nicht länger abwarten durfte, wo er doch schon 1945 ziemlich erschöpft wirkte.

»Manchmal rührt es mich wirklich«, sagte Braggadocio, »wenn ich an diesen armen alten Mann denke, der da womöglich, stell dir vor, immer noch in Argentinien saß, wo er – obwohl er wegen seiner Magenkrämpfe nicht mal die dort üblichen Riesensteaks essen konnte – wenigstens in die endlose Pampa schauen konnte (tolles Vergnügen, für fünfundzwanzig Jahre), was jedoch immer noch besser war, als im Vatikan zu hocken, mit maximal einem Spaziergang täglich in einem der vatikanischen Gärten und dünner Minestrone, serviert von einer Nonne mit Bärtchen, und dazu die Vorstellung, alles verloren zu haben, sein geliebtes Italien, seine geliebte Geliebte, und die Kinder nicht mehr umarmen zu können, und so fing er vielleicht schon an, trübsinnig den Kopf zu senken, den ganzen Tag lang im Sessel sitzend über die alte Glorie nachzudenken und alles, was in der Welt passiert, nur noch in der Glotze zu sehen, in einem Schwarzweißfernseher, während er in seinem alternden, aber von der Syphilis erregten Geist zu den Triumphen auf dem Balkon des Palazzo Venezia zurückkehrt, zu den Ekstasen, in denen er mit nacktem Oberkörper Weizen mäht, kleine Kinder küsst, deren ausgehungerte Mütter ihm auf die Hände sabbern, oder zu den Nachmittagen im Saal der Weltkarte, wo der Kammerdiener Navarra ihm bebende Damen zuführt und er sie, nur eben den Schlitz der Reithose aufgeknöpft, in Sekundenschnelle auf dem Schreibtisch besamt, während sie verzückt wie kleine Hündinnen jaulen *Oh mein Duce! Oh mein Duce* ... Und während er sich dies alles in Erinnerung rief, selber längst kraftlos geworden, hämmerte ihm jemand die Idee einer baldigen Wiederkehr in den Kopf – da fällt mir dieser Witz über Hitler ein: Auch er im Exil in Argentinien, die Neonazis wollen ihn überreden zurückzukehren, um die Welt zu erobern, er schwankt und zögert lange, denn auch für ihn zählt das Alter, aber endlich entschließt er sich und sagt: Na gut, aber diesmal … *richtig böse*, oder?«

Braggadocio sah mich beifallheischend an, aber ich sagte nichts dazu.

»Kurzum«, fuhr er fort, »Ende 1970 sah alles so aus, als ob ein Putsch funktionieren könnte: Chef der Geheimdienste war General Miceli, auch er Mitglied der Loge P2 und wenige Jahre später Abgeordneter der neofaschistischen MSI – und notabene: Obwohl er der Mittäterschaft in der Affäre Borghese verdächtigt wurde und Ermittlungen gegen ihn liefen, hat er sich später herauswinden können und ist vor zwei Jahren friedlich gestorben. Und ich habe aus sicherer Quelle erfahren, dass Miceli noch zwei Jahre nach Borgheses Putschversuch von der amerikanischen Botschaft achthunderttausend Dollar bekommen hatte, man weiß nicht, warum und wozu. Borghese konnte also auf beste Unterstützung von ganz oben zählen, dazu auf Gladio, auf die falangistischen Veteranen des Spanischen Bürgerkrieges, auf die Freimaurerkreise, manche sagten, auch die Mafia habe sich mit eingemischt, was sie ja, wie man weiß, immer tut. Und im Dunkeln dahinter der allgegenwärtige Licio Gelli, der die Spitzen der Carabinieri und der hohen Militärs für seine P2 umwarb, bei denen es ohnehin schon von Freimaurern wimmelte. Hör dir die Geschichte von Licio Gelli gut an, denn sie ist fundamental für meine These. Also, Gelli hatte, und das hat er nie geleugnet, am Spanischen Bürgerkrieg auf Seiten Francos teilgenommen, er war aktiv in der Republik von Salò und fungierte als Verbindungsoffizier zur SS, aber gleichzeitig unterhielt er Kontakte zu den Partisanen, und nach dem Krieg tat er sich mit der CIA zusammen. Unmöglich also, dass einer wie er nichts mit Gladio zu tun haben sollte. Aber hör dir auch dies an. Im Juli 1942, da war er Inspektor der Faschistischen Partei, ist ihm die Aufgabe anvertraut worden, den Schatz von König Peter II. von Jugoslawien nach Italien zu transportieren, den der Militärische Geheimdienst SIM requiriert hatte: sechzig Tonnen Goldbarren, zwei Tonnen antike Münzen, sechs Millionen Dollar und zwei Millionen Pfund Sterling. 1947 wird der Schatz endlich zurückerstattet, aber bei der Prüfung fehlen zwanzig Tonnen Goldbarren, und es heißt, Gelli habe sie nach Argentinien transferiert. Argentinien, verstehst du? In Argentinien hat Gelli freundschaftliche Kontakte zu Perón, aber damit nicht genug, auch zu Generälen wie Videla, und von Argentinien erhält er einen Diplomatenpass. Und wer hat in Argentinien die Finger im Spiel? Gellis rechte Hand Umberto Ortolani, der unter anderem als sein Verbindungsmann zu Monsignore Marcinkus dient. Und was folgt daraus? Nun, alles bringt uns zurück nach Argentinien, wo der Duce sitzt und wo seine Rückkehr vorbereitet wird, und natürlich braucht man dafür Geld und eine gute Organisation und lokale Unterstützung. Deswegen ist Gelli zentral für den Plan Borghese.«

»Sicher, wenn man das so sagt, klingt es plausibel …«

»Und das ist es auch. Freilich ändert das nichts daran, dass Borghese eine unbrauchbare Witzarmee zusammengestellt hatte, in der neben nostalgischen Opas (er selbst war schon über sechzig) Teile der Streitkräfte und sogar Abteilungen der Forstwache waren, frag mich nicht, wieso ausgerechnet der Forstwache, vielleicht hatte die nach den Abholzungen der Nachkriegszeit nichts Besseres mehr zu tun. Aber dieser zusammengewürfelte Haufen sollte etwas wirklich Schlimmes anrichten. Aus den späteren Prozessakten geht hervor, dass Licio Gelli sich um die Gefangennahme des Staatspräsidenten kümmern sollte, der damals Giuseppe Saragat war, und ein Reeder in Civitavecchia hatte schon seine Schiffe zur Verfügung gestellt, um die von den Putschisten Gefangengenommenen auf die Liparischen Inseln zu bringen. Und du wirst nicht glauben, wer in diese Operation mit verwickelt war! Der SS-Mann Otto Skorzeny, der Mussolini 1943 auf dem Gran Sasso befreit hatte! Er war noch rüstig, ein weiterer, dem die gewaltsamen Säuberungen nach dem Krieg nichts angetan hatten, er stand in Verbindung mit der CIA und hätte garantieren sollen, dass die USA nichts gegen den Putsch unternahmen, solange durch ihn eine *zentrodemokratische Militärjunta* an die Macht kam. Bedenk nur mal den Zynismus dieser Formel. Aber was die späteren Untersuchungen nie ans Licht gebracht haben, ist, dass Skorzeny selbstverständlich mit Mussolini in Kontakt geblieben war, der ihm ja einiges schuldete, und vielleicht hätte er sich um die Ankunft des Duce aus dem Exil kümmern sollen, um das heroische Bild zu liefern, das die Putschisten brauchten. Kurz, der ganze Putsch stützte sich auf die triumphale Rückkehr Mussolinis. Und jetzt pass auf: Der Putsch war akkurat geplant seit 1969, dem Jahr des Bombenattentats an der Piazza Fontana, das sicher schon dazu gedacht war, die Schuld auf die Linke zu schieben und die Öffentlichkeit psychologisch auf eine Rückkehr zur Ordnung vorzubereiten. Borghese plante die Besetzung des Innen- und des Verteidigungsministeriums, der Zentren von Rundfunk und Telefon sowie die Deportation der im Parlament anwesenden Oppositionspolitiker. Dies sind keine Phantastereien von mir, denn später hat man eine Proklamation gefunden, die Borghese im Radio hätte verlesen sollen und in der es sinngemäß hieß, endlich sei die langerwartete politische Wende gekommen, die Klasse, die fünfundzwanzig Jahre lang an der Macht gewesen sei, habe Italien an den Rand des ökonomischen und moralischen Zusammenbruchs gebracht, die Streitkräfte und die Ordnungskräfte unterstützten die Machtergreifung der Putschisten. ›Italiener‹, hätte Borghese schließen sollen, ›indem wir die ruhmreiche Trikolore in eure Hände zurückgeben, laden wir euch ein, unseren ungestümen Liebeshymnus zu rufen: *Italia! Italia! Viva Italia!*‹ Typische Mussolini-Rhetorik.«

In der Nacht vom 7. zum 8. Dezember 1970 – rief Braggadocio mir in Erinnerung – waren mehrere Hundert Verschwörer in Rom zusammengekommen, man hatte begonnen, Waffen und Munition zu verteilen, zwei Generäle hatten im Verteidigungsministerium Position bezogen, eine bewaffnete Gruppe von Förstern hatte sich beim TV-Gebäude der RAI aufgestellt, in Mailand bereitete man sich darauf vor, Sesto San Giovanni zu besetzen, die traditionelle Hochburg der Kommunisten.

»Und was passiert dann auf einmal? Während alles bestens zu laufen schien und man schon fast sagen konnte, die Verschwörer hätten Rom in der Hand, erklärt Borghese plötzlich die ganze Operation für abgeblasen. Später wurde behauptet, treue Staatsapparate hätten sich der Verschwörung entgegengestellt, aber dann hätten sie Borghese schon einen Tag vorher verhaften können, ohne zu warten, bis Rom sich mit uniformierten Waldhütern füllt. In jedem Fall wird das Ganze in aller Stille beendet, die Putschisten zerstreuen sich ohne Zwischenfälle, Borghese flieht nach Spanien, nur ein paar Trottel lassen sich verhaften, aber allen wird Hausarrest in Privatkliniken gewährt, und einige kriegen in der Haft Besuch von General Miceli, der ihnen Schutz verspricht, wenn sie schweigen. Ein, zwei parlamentarische Untersuchungen, über die man sehr wenig aus der Presse erfährt, und einer breiteren Öffentlichkeit werden die Fakten überhaupt erst drei Monate später halbwegs bekannt. Ich will nicht wissen, was da passiert ist, mich interessiert allein, warum ein so sorgfältig vorbereiteter Staatsstreich innerhalb weniger Stunden abgesagt worden ist, wodurch eine doch ziemlich ernste Unternehmung zu einer Farce wurde. Warum?«

»Das frage ich dich.«

»Offenbar bin ich der einzige, der sich das gefragt hat, und sicher bin ich der einzige, der die Antwort gefunden hat, die klar wie der hellichte Tag ist: Genau in jener Nacht traf die Nachricht ein, dass Mussolini, der sich womöglich schon auf italienischem Boden befand und für sein Erscheinen rüstete, unversehens *gestorben war* – was ja in seinem Alter und nach all den Strapazen der langen Anreise aus Argentinien keineswegs unwahrscheinlich ist. Der Putsch wird abgeblasen, weil sein charismatisches Symbol gestorben ist, diesmal wirklich, fünfundzwanzig Jahre nach seinem vermeintlichen Tod.«

Braggadocios Augen glänzten, es schien, als erleuchteten sie die rings um uns aufgereihten Schädel, seine Hände zitterten, auf seinen Lippen erschien ein weißlicher Speichel, er packte mich bei den Schultern und rief: »Verstehst du, Colonna? Das ist meine Rekonstruktion der Fakten!«

»Aber wenn ich mich recht erinnere, gab es doch immerhin einen Prozess ...«

»Eine Farce war das, mit Andreotti, der mitwirkte, um alles zu vertuschen, und ins Gefängnis kamen nur zweitrangige Personen. Tatsache ist, dass alles, was wir gewusst haben, falsch oder verzerrt war, wir sind die ganzen zwanzig Jahre seitdem belogen worden. Ich hab's doch gesagt, man darf nie glauben, was sie uns erzählen!«

»Und hiermit endet deine Geschichte ...«

»O nein, hier beginnt eine neue, und die würde mich nicht interessieren, wenn das, was geschehen ist, nicht eine direkte Folge von Mussolinis Tod gewesen wäre. Ohne die Figur des Duce hätte kein Gladio mehr hoffen können, an die Macht zu gelangen, während die Gefahr einer sowjetischen Invasion immer mehr in die Ferne rückte, da nun allmählich die Phase der Entspannung begann. Dennoch löste sich Gladio nicht auf, im Gegenteil, die Geheimorganisation beginnt genau nach dem Tod Mussolinis wirklich operativ zu werden.«

»Wie das?«

»Da es nun nicht mehr darum geht, die Regierung zu

stürzen, um eine neue Macht zu errichten, tut sich Gladio mit all jenen im Verborgenen wirkenden Kräften zusammen, die Italien zu destabilisieren versuchen, um den Aufstieg der Linken unerträglich zu machen und die Bedingungen für neue Formen der Repression zu schaffen, die mit allen legalen Tricks angestrebt werden. Ist dir klar, dass es vor dem Putschversuch von Borghese nur wenige Attentate vom Typ der Bombe an der Piazza Fontana gab und erst 1971 die Roten Brigaden sich zu formieren beginnen, und dann folgen die Attentate eins nach dem anderen? 1973 die Bombe im Polizeipräsidium von Mailand, 1974 das Massaker an der Piazza della Loggia in Brescia, im selben Jahr explodiert eine gewaltige Bombe im Schnellzug *Italicus* auf der Fahrt von Rom nach München, 12 Tote und 48 Verletzte, aber aufgepasst: Aldo Moro hätte in dem Zug sitzen sollen, er hatte ihn nur verpasst, weil einige Ministerialbeamte ihn im letzten Moment nochmal rausgeholt hatten, um ihn ein paar dringende Schriftstücke unterzeichnen zu lassen. Und zehn Jahre später eine weitere Bombe im Schnellzug Neapel-Mailand. Um nicht von der Affäre Moro zu sprechen, bei der wir auch heute noch nicht genau wissen, was da wirklich geschehen ist. Nicht genug damit, stirbt im September 1978, einen Monat nach seiner Wahl, auf rätselhafte Weise der neue Papst Albino Luciani, der sich Johannes Paul I. nannte. Herzinfarkt oder Schlaganfall, heißt es, aber warum hat man dann aus dem Schlafzimmer des Papstes seine persönlichen Dinge verschwinden lassen, die Brille, die Pantoffeln, Aufzeichnungen und ein Fläschchen Effortil, das der Alte offensichtlich wegen seines niedrigen Blutdrucks nehmen musste?

Warum sind diese Dinge im Nichts verschwunden? Etwa weil es nicht wahrscheinlich war, dass ein Hypotoniker einen Schlaganfall bekam? Und warum war die erste bedeutende Person, die sofort in sein Schlafzimmer kam, ausgerechnet der Kardinal Villot? Du wirst sagen, das sei doch natürlich, Villot war der Staatssekretär, aber es gibt ein Buch von einem gewissen Yallop, in dem etliche Fakten enthüllt werden: Der Papst soll sich für die Existenz einer kirchlich-freimaurerischen Kamarilla interessiert haben, zu der angeblich auch Kardinal Villot gehörte, dazu Monsignore Agostino Casaroli, der Vizedirektor von Radio Vatican, und natürlich Marcinkus, der omnipräsente Monsignore, der das schöne und schlechte Wetter bei der IOR machte, der Bank des Vatikans, wo er, wie später herauskam, Steuerhinterziehungen und Geldwäsche unterstützte und andere obskure Geschäfte von Leuten wie Roberto Calvi und Michele Sindona deckte – welche dann, sieh da, in den folgenden Jahren der eine erhängt an der Londoner Blackfriars Bridge und der andere vergiftet in einer Gefängniszelle endeten. Und auf dem Schreibtisch von Papst Luciani hatte man eine Ausgabe der Wochenzeitung *Il Mondo* gefunden, aufgeschlagen bei einem investigativen Artikel über die Operationen der Vatikanischen Bank. Yallop verdächtigt sechs Personen des Mordes an Luciani: Villot, den Chicagoer Kardinal John Cody, Marcinkus, Sindona, Calvi und Licio Gelli, den verehrungswürdigen Meister der Freimauererloge P2. Du wirst vielleicht sagen, das alles hätte nichts mit Gladio zu tun, aber wie es der Zufall will, hatten viele von diesen Personen mit den anderen Machenschaften zu tun, und der Vatikan war in die Rettung und Unterbringung Mussolinis verwickelt gewesen. Vielleicht hatte der Papst Luciani gerade das herausgefunden, auch wenn ein paar Jahre vergangen waren seit dem realen Tod des Duce, und vielleicht wollte er endlich aufräumen mit dieser mafiösen Bande, die seit dem Ende des Zweiten Weltkriegs einen Staatsstreich vorbereitete. Und ich sage dir auch, dass die Angelegenheit nach dem Tod Lucianis in den Händen seines Nachfolgers Johannes Paul II. gelandet sein müsste, auf den drei Jahre später ein Attentat von seiten der türkischen Grauen Wölfe verübt wird, jener Grauen Wölfe, die, wie ich dir gesagt habe, mit der Stay-behind-Organisation ihres Landes verbunden waren ... Der polnische Papst verzeiht dann, der Attentäter büßt reuig im Kerker, aber letztlich hat Wojtyla einen Schreck bekommen und lässt die Finger von der Sache, auch weil ihn Italien nicht sonderlich interessiert und es ihm wichtiger zu sein scheint, die protestantischen Sekten in der Dritten Welt zu bekämpfen. Also lassen die Typen ihn künftig in Ruhe. Nun, was sagst du, genügen dir all diese Koinzidenzen?«

»Ist es nicht vielleicht deine Neigung, überall Komplotte zu sehen, die dich aus jeder Mücke einen Elefanten machen lässt?«

»Mich? Aber es sind doch Gerichtsprotokolle, in denen man all das findet, wenn man sie in den Archiven zu suchen weiß! Nur dass es den Leuten zwischen einer Nachricht und der anderen inzwischen entfallen ist. Nimm den Peteano-Anschlag. Im Mai 1972 wird den Carabinieri in Peteano bei Gorizia gemeldet, dass ein FIAT 500 mit zwei Einschusslöchern in der Frontscheibe verlassen auf einer

Landstraße steht. Drei Carabinieri kommen hin, versuchen den Kofferraum zu öffnen und werden durch eine Explosion getötet. Eine Zeitlang glaubt man an eine Aktion der Roten Brigaden, aber nach einigen Jahren meldet sich ein gewisser Vincenzo Vinciguerra. Hör nur, was für ein Typ: Wegen einer anderen dunklen Affäre ist er der Verhaftung entkommen, indem er sich nach Spanien zu dem internationalen antikommunistischen Netzwerk Aginter Press geflüchtet hat, dort schließt er sich dank der Kontakte zu einem anderen Rechtsterroristen, Stefano Delle Chiaie, der neofaschistischen Gruppe Avanguardia Nazionale an, dann verzieht er sich nach Chile und Argentinien, aber 1978 beschließt er auf einmal, dass sein ganzer bisheriger Kampf gegen den Staat sinnlos war, und stellt sich den Behörden in Italien. Notabene, er bereut nicht, er glaubt weiterhin, alles richtig gemacht zu haben, und ich frage dich: Warum hat er sich dann gestellt? Meiner Ansicht nach, weil er süchtig nach Publizität war, es gibt Mörder, die an den Ort ihres Verbrechens zurückkehren, es gibt Serienkiller, die Indizien an die Polizei schicken, damit sie endlich gefasst werden, weil sie unbedingt auf die Titelseiten der Zeitungen kommen wollen, und dieser Vinciguerra beginnt auf einmal, Geständnisse serienweise zu machen. Er übernimmt die Verantwortung für das Attentat in Peteano, er bringt die Staatsapparate in Schwierigkeiten, indem er sagt, sie hätten ihn dabei unterstützt. Erst 1984 entdeckt der Untersuchungsrichter Felice Casson, dass der in Peteano benutzte Sprengstoff aus einem Waffendepot von Gladio stammte, und das Tollste ist, dass ihm die Existenz dieses Waffendepots enthüllt worden ist von – dreimal darfst du raten –, von keinem Geringeren als Ministerpräsident Giulio Andreotti, der also Bescheid gewusst haben muss, aber die ganze Zeit geschwiegen hatte. Ein Sprengstoffexperte, der für die italienische Polizei arbeitet (und wie Vinciguerra Mitglied der neofaschistischen Gruppe Ordine Nuovo war), erstellt ein Gutachten, demzufolge die benutzten Stoffe identisch mit den von den Roten Brigaden benutzten sind, aber Casson kann beweisen, dass der Sprengstoff von jenem Typ C4 war, der ausschließlich zu militärischen Zwecken von der Nato benutzt wurde. Mit einem Wort, eine schöne Intrige, aber wie du siehst, ob Nato oder Rote Brigaden, immer war Gladio mit im Spiel. Nur dass die Ermittlungen auch zeigen, dass Ordine Nuovo mit dem italienischen Militärgeheimdienst SID zusammengearbeitet hat, und du wirst verstehen, wenn ein Militärgeheimdienst drei Carabinieri in die Luft sprengen lässt, dann geschieht das nicht aus Hass auf die Carabinieri, sondern um die Schuld auf die Terroristen der extremen Linken zu schieben. Ich mache es kurz: Nach Untersuchungen und Gegenuntersuchungen wird Vinciguerra zu lebenslanger Haft verurteilt, in welcher er weiter Enthüllungen über die ›Strategie der Spannung‹ macht. Er spricht über die Bombe im Bahnhof von Bologna (woran du siehst, dass es durchaus Berührungspunkte zwischen dem einen und dem anderen Bombenattentat gibt und sie nicht meiner Phantasie entspringen), und er sagt aus, die Bombe von Piazza Fontana 1969 sei geplant worden, um den damaligen Ministerpräsidenten Mariano Rumor dazu zu bewegen, den nationalen Notstand auszurufen. Und er fügt wörtlich hinzu, ich lese es dir vor: ›Man kann nicht im

Untergrund leben, ohne Geld zu haben. Man kann nicht im Untergrund leben, ohne Unterstützer zu haben. Ich konnte den Weg wählen, den andere gegangen sind, mir andere Unterstützer suchen, womöglich in Argentinien bei den Geheimdiensten. Ich konnte auch den Weg der Unterwelt wählen. Aber ich bin weder bereit, den Kollaborateur der Geheimdienste zu machen noch als Verbrecher zu leben. Daher hatte ich, um meine Freiheit wiederzufinden, nur eine Wahl: mich zu stellen. Und dies habe ich nun getan.‹ Das ist offenkundig die Logik eines exhibitionistischen Narren, aber eines Narren, der glaubwürdige Informationen hat. Und damit ist meine Geschichte praktisch fertig rekonstruiert: Die Gestalt Mussolinis, der als tot gilt, beherrscht alle italienischen Geschehnisse von 1945 bis heute, und sein realer Tod löst die schrecklichste Periode der Geschichte dieses Landes aus, in die sie alle verwickelt sind, Stay-behind, Nato, CIA, Gladio, die Loge P2, die Mafia, die italienischen Geheimdienste, die hohen Militärs, Minister wie Andreotti und Präsidenten wie Cossiga und natürlich ein guter Teil der Terrororganisationen der extremen Linken, die gebührend unterwandert und manipuliert sind. Zu schweigen von Aldo Moro, der entführt und ermordet worden ist, weil er etwas wusste und sonst geredet hätte. Und wenn du willst, kann ich dir auch noch kleinere Kriminalfälle anfügen, die scheinbar nichts mit Politik zu haben …«

»Ja, die Bestie von der Via San Gregorio, die Seifenmacherin, das Monster von der Via Salaria …«

»Mach dich darüber nicht lustig, die beiden ersten Fälle der Nachkriegszeit vielleicht gerade nicht, aber beim ganzen Rest ist es ökonomischer, wie man sagt, nur eine einzige Geschichte zu sehen, beherrscht von einer einzigen virtuellen Figur, die das Ganze vom Balkon des Palazzo Venezia aus zu dirigieren scheint, auch wenn niemand es sieht. Diese Skelette« – dabei zeigte er auf unsere stummen Gastgeber ringsum – »können jederzeit nachts hinausgehen und ihren Totentanz inszenieren. Es gibt mehr Dinge im Himmel und auf Erden, als wir … du weißt schon. Allerdings ist sicher, als die sowjetische Drohung beendet war, wurde Gladio offiziell auf den Dachboden entsorgt, und sowohl Cossiga als auch Andreotti haben davon gesprochen, um das Gespenst zu exorzieren, es als etwas ganz Normales zu präsentieren, das mit Zustimmung der Behörden geschehen war, mit Zustimmung einer Gemeinschaft von Patrioten wie die Karbonari-Bewegung früherer Zeiten. Aber ist damit wirklich alles vorbei, oder machen einige besonders hartleibige Gruppen immer noch im Verborgenen weiter? Ich glaube, wir werden noch einiges erleben.«

Er sah sich misstrauisch um. »Aber gehen wir jetzt lieber, diese Gruppe Japaner, die da gerade reinkommt, gefällt mir nicht. Die fernöstlichen Spione sind überall, inzwischen ist auch China mit im Spiel, und die verstehen ja alle Sprachen.«

Während wir hinausgingen und ich in vollen Zügen wieder die frische Luft genoss, fragte ich ihn: »Hast du das alles wirklich verifiziert?«

»Ich habe mit Leuten gesprochen, die über sehr viele Dinge Bescheid wissen, und ich habe auch unseren Kollegen Lucidi angezapft. Du weißt es vielleicht nicht, aber er ist mit den Diensten liiert.«

»Ich weiß, ich weiß. Aber traust du ihm?«

»Diese Leute sind es gewöhnt zu schweigen, keine Sorge. Ich bediene mich seiner noch ein paar Tage, um letzte unwiderlegliche Beweise zu sammeln, unwiderlegliche, sage ich, und dann gehe ich zu Simei und präsentiere ihm das Ergebnis meiner Recherchen. Zwölf Folgen für zwölf Nullnummern.«

An jenem Abend führte ich Maia in ein Restaurant mit Kerzenlicht, um die Knochen von San Bernardino zu vergessen. Natürlich erzählte ich ihr nichts von Gladio, ich vermied es auch, ein Gericht zu bestellen, bei dem man etwas von Knochen ablösen muss, und befreite mich langsam von meinem nachmittäglichen Inkubus.

XVI

Samstag, 6. Juni

Braggadocio hatte sich dann ein paar Tage Urlaub genommen, um seine Enthüllungen zu vervollständigen, und am Donnerstagmorgen saß er zwei Stunden lang in Simeis Büro. Gegen elf kamen beide heraus, wobei Simei ihm gerade riet: »Kontrollieren Sie dieses Datum nochmal, ich möchte da ganz auf der sicheren Seite sein.«

»Keine Sorge«, antwortete Braggadocio, der gute Laune und Optimismus ausstrahlte. »Heute abend sehe ich jemanden, dem ich vertraue, und dann überprüfe ich nochmal die letzten Verifikationen.«

In der restlichen Zeit war die ganze Redaktion damit beschäftigt, die Routineseiten für die erste Nullnummer fertigzustellen: die Sportseite, Palatinos Spieleseite, ein paar Berichtigungen, die Horoskope und die Todesanzeigen.

»Aber soviel wir davon auch erfinden«, sagte Costanza nach einer Weile, »ich fürchte, wir bringen keine vierundzwanzig Seiten zusammen. Wir brauchen noch andere Nachrichten.«

»Na gut«, sagte Simei, »helfen Sie ein bisschen mit, Colonna, seien Sie so gut.«

»Die Nachrichten brauchen wir nicht zu erfinden«, bemerkte ich, »die brauchen wir nur abzukupfern.«

»Wie das?«

»Die Leser haben ein kurzes Gedächtnis. Um es mit einem Paradox zu sagen: Alle sollten eigentlich wissen, dass Julius Cäsar an den Iden des März ermordet worden ist, aber die Leute sind vergesslich. Man sucht also nach einem neueren englischen Buch, in dem die Geschichte Cäsars zusammengefasst wird, und dann genügt ein Titel wie *Sensationelle Entdeckung eines Historikerteams in Cambridge: Cäsar ist wirklich an den Iden des März ermordet worden*, unter dem man das Ganze noch einmal erzählt, und schon hat man einen schönen Artikel. Gut, mit Cäsar hab ich's jetzt vielleicht etwas übertrieben, aber wenn man die Schmiergeldaffäre in dem Mailänder Altersheim behandelt, kann daraus ein Stück über die Analogien zur Affäre der Banca Romana werden. Das war ein Skandal am Ende des 19. Jahrhunderts und hat nichts mit den Skandalen von heute zu tun, aber ein Skandal zieht den anderen nach sich, es genügt, auf gewisse Gerüchte anzuspielen, und man erzählt die Geschichte der Banca Romana, als wäre sie gestern passiert. Ich glaube, Lucidi könnte daraus was Gutes machen.«

»Hervorragend«, sagte Simei. »Und was gibt's bei Ihnen, Cambria?«

»Ich sehe hier gerade eine Agenturmeldung über eine weitere Madonna, die in einem Städtchen des Südens zu weinen begonnen hat.«

»Ausgezeichnet, machen Sie ein Sensationsstück daraus.«

»Etwas über die immergleichen Reflexe des Aberglaubens?«

»Auf keinen Fall! Wir sind nicht das Mitteilungsblatt des Verbands der Atheisten und Rationalisten. Die Leute wollen Wunder, nicht modisch-schicken Skeptizismus. Von einem Wunder zu berichten heißt ja nicht zu behaupten, dass man daran glaubt, das wäre ja lächerlich. Man berichtet das Faktum, oder dass jemand sagt, er hätte das Wunder so gesehen oder persönlich erlebt. Ob dann die Madonna wirklich geweint hat, braucht uns nicht zu kümmern. Die Schlussfolgerungen muss der Leser ziehen, und wenn er gläubig ist, wird er's glauben. Mehrspaltiger Titel.«

Alle machten sich eifrig an die Arbeit. Ich kam an Maias Tisch vorbei, die sehr konzentriert an den Todesanzeigen saß, und sagte zu ihr: »Und nicht vergessen, die untröstliche Familie …«

»Und der Freund Filiberto umarmt tiefbewegt die geliebte Matilde und die allerliebsten Mario und Serena«, antwortete sie.

»Besser noch Gessica mit *G* oder Samanta ohne *h*«, riet ich ihr mit einem ermunternden Lächeln.

Den Abend verbrachte ich bei Maia, und es gelang mir wieder einmal, die kleine, mit wackligen Bücherstapeln vollgestellte Wohnung in einen Alkoven zu verwandeln.

Zwischen den Stapeln gab es auch viele Schallplatten, lauter Klassiker auf Vinyl, eine Erbschaft ihrer Großeltern. Manchmal lagen wir lange still und hörten zu. An jenem

Abend hatte Maia die Siebte von Beethoven aufgelegt, und mit feuchten Augen erzählte sie mir, dass sie schon als Teenager immer beim zweiten Satz weinen musste. »Das hat angefangen, als ich sechzehn war: Ich hatte kein Geld, und dank eines Bekannten durfte ich gratis in seine Loge kommen, wo es aber keinen freien Platz mehr gab, so dass ich mich auf die Stufen hockte und allmählich fast am Boden lag. Das Holz war hart, aber ich spürte es kaum. Und beim zweiten Satz dachte ich, dass ich am liebsten so sterben würde, und fing an zu weinen. Ich war ein bisschen verrückt. Aber seitdem habe ich immer hier geweint, auch als ich klug und weise geworden war.«

Ich hatte noch nie beim Musikhören geweint, aber es rührte mich, dass sie es tat. Nach ein paar Minuten Schweigen sagte sie: »Er dagegen war ein Irrer.« Wer er? Na, Schumann, sagte sie, als hätte ich den Kopf wer weiß wo. Ihr Autismus, wie üblich.

»Schumann ein Irrer?«

»Aber ja, große romantische Ergüsse, wie auch anders in jener Zeit, aber alles Kopfgeburten. Und über all dem Kopfzerbrechen ist er dann verrückt geworden. Ich verstehe schon, warum seine Frau sich in Brahms verliebt hat. Anderes Temperament, andere Musik und dazu noch ein Bonvivant. Damit will ich nicht sagen, dass Robert ein schlechter Komponist war, er hatte schon Talent, er war nicht einer von diesen Angebern.«

»Wen meinst du damit?«

»Na, diesen Angeber Liszt oder diesen Bombastiker Rachmaninov, die haben wirklich schlechte Musik gemacht, alles bloß Effekthascherei, um Geld zu verdienen,

Konzert für Einfaltspinsel in C-Dur, solche Sachen. Schau nach, ihre Platten wirst du nicht in dem Stapel da finden, die habe ich weggeworfen.«

»Wer ist denn für dich besser als Liszt?«

»Na, zum Beispiel Satie, oder?«

»Aber bei Satie weinst du nicht, stimmt's?«

»Sicher nicht, das würde ich gar nicht wollen, ich weine nur beim zweiten Satz der Siebten.« Dann, nach einer Pause: »Seit ich sechzehn bin, weine ich auch bei manchem von Chopin. Aber sicher nicht bei seinen Konzerten.«

»Warum nicht bei den Konzerten?«

»Weil, wenn man sie dem Klavier wegnehmen und einem Orchester geben würde, dann bliebe nichts von ihnen übrig. Er machte Virtuosenklavierspiel für Streicher, Bläser und Pauken. Und dann, hast du diesen Hollywoodfilm mit Cornel Wilde gesehen, wo Chopin einen Blutstropfen auf die Tasten verspritzt? Was hätte er als Orchesterdirigent gemacht? Blutstropfen auf den ersten Geiger gespritzt?«

Maia überraschte mich immer wieder, auch als ich sie schon gut zu kennen glaubte. Mit ihr würde ich sogar noch lernen, die Musik zu verstehen. Zumindest auf ihre Weise.

Es war der letzte glückliche Abend. Gestern bin ich spät aufgewacht und erst gegen Mittag in die Redaktion gekommen. Kaum eingetreten, sah ich Uniformierte, die in Braggadocios Schubladen wühlten, und einen Mann in Zivil, der die Anwesenden befragte. Simei stand erdfahl in der Tür seines Büros.

Cambria kam mir entgegen und sagte leise, als müsse er mir ein Geheimnis verraten: »Sie haben Braggadocio umgebracht.«

»Was? Braggadocio? Wie?«

»Ein Nachtwächter hat heute früh um sechs, als er mit dem Fahrrad nach Hause fuhr, eine Leiche am Boden liegen sehen, mit dem Gesicht nach unten und einer blutigen Wunde im Rücken. Um diese Zeit hat es ein bisschen gedauert, bis er eine Bar offen fand und telefonieren konnte, um den Notarzt und die Polizei zu rufen. Ein Messerstich, hat der Arzt sofort erkannt, nur einmal zugestochen, aber kräftig. Das Messer haben sie nicht steckengelassen.«

»Und wo?«

»In einem Gässchen nahe der Via Torino, wie hieß es noch gleich … ich glaube Via Bagnara oder Bagnera.«

Der Mann in Zivil trat zu mir, stellte sich kurz als Inspektor der Mordkommission vor und fragte mich, wann ich Braggadocio zuletzt gesehen hatte. »Gestern hier im Büro«, sagte ich, »wie alle meine Kollegen, glaube ich. Danach ist er offenbar allein weggegangen, etwas früher als die anderen.«

Der Inspektor fragte mich, wie vermutlich schon die anderen, wie ich den Abend verbracht hatte. Ich sagte, beim Essen mit einer Freundin, danach sei ich sofort schlafen gegangen. Natürlich hatte ich kein Alibi, aber die anderen hatten offenbar auch keins, und den Inspektor schien das nicht weiter zu kümmern. Es war nur eine Frage, wie man sie aus den Krimis im Fernsehen kennt, eine Routinefrage.

Eher schon wollte er wissen, ob ich den Eindruck hätte, dass Braggadocio Feinde gehabt haben könnte, oder ob er als Journalist vielleicht gerade eine gefährliche Spur verfolgt hatte. Selbstverständlich habe ich ihm nichts verraten, nicht wegen der journalistischen Schweigepflicht, sondern weil mir langsam dämmerte, dass Braggadocio wegen seiner Recherchen aus dem Weg geräumt worden sein könnte, und ich sofort fürchtete, wenn ich zu erkennen gäbe, dass ich etwas darüber wüsste, könnte jemand auf den Gedanken kommen, auch mich aus dem Weg zu räumen. Also darf ich nicht einmal mit der Polizei darüber reden, sagte ich mir. Hatte Braggadocio mir nicht gesagt, in seine Geschichte seien alle verwickelt, sogar die Förster? Und wenn ich ihn bis gestern noch für einen Mythomanen hielt, garantierte sein Tod ihm nun nicht eine gewisse Glaubwürdigkeit?

Mir trat der Schweiß auf die Stirn, aber der Inspektor bemerkte es nicht oder schob es auf die Erregung des Augenblicks.

»Ich weiß nicht«, sagte ich, »was genau Braggadocio in diesen Tagen gemacht hat, vielleicht kann Doktor Simei es Ihnen sagen, er ist es, der die Artikel zuweist. Wenn ich mich recht erinnere, sollte er etwas über Prostitution schreiben, ich weiß nicht, ob Ihnen das weiterhilft.«

»Schauen wir mal«, sagte der Inspektor und wandte sich Maia zu, die Tränen in den Augen hatte. Braggadocio war ihr unsympathisch gewesen, sagte ich mir, aber ein Ermordeter ist ein Ermordeter, und jetzt hat sie Mitleid mit ihm, die arme Liebe. Ich hatte Mitleid nicht mit Braggadocio, sondern mit ihr, die sich nun offenbar mitschuldig fühlte, weil sie schlecht über ihn geredet hatte.

In diesem Augenblick bat mich Simei mit einem Wink in sein Büro. »Colonna«, sagte er, während er sich mit zitternden Händen an seinen Schreibtisch setzte, »Sie wissen, womit sich Braggadocio beschäftigt hatte.«

»Ja und nein, er hatte mir etwas angedeutet, aber ich bin nicht sicher, dass ...«

»Spielen Sie nicht den Ahnungslosen, Sie haben sehr gut begriffen, dass er ermordet worden ist, weil er im Begriff war, einige Dinge zu enthüllen. Ich weiß bisher noch nicht, welche davon der Wahrheit entsprechen und welche er erfunden hat, aber sicher ist, dass wenn seine Recherchen hundert Affären betrafen, er uns zumindest eine davon verschwiegen hat, und wegen dieser einen ist er nun zum Schweigen gebracht worden. Doch da er seine Geschichte gestern auch mir erzählt hat, weiß auch ich nun diese eine Sache, wenn ich auch nicht weiß, welche genau es ist. Und da er mir gesagt hat, dass er sich Ihnen anvertraut hat, sind auch Sie im Bilde. Somit sind wir nun beide in Gefahr. Und damit nicht genug, hat vor zwei Stunden der Commendatore Vimercate einen Anruf bekommen. Er hat mir nicht gesagt, von wem, auch nicht, worum es ging, aber er hat festgestellt, dass die ganze Unternehmung *Domani* auch für ihn gefährlich geworden ist, und hat beschlossen, sie zu beenden. Er hat mir schon die Barschecks geschickt, die den Redakteuren auszuhändigen sind, sie bekommen jeder zwei Monatsgehälter und ein Schreiben mit aufrichtigen Dankesworten. Sie hatten alle keine Verträge und können nicht protestieren. Vimercate hat nicht gewusst, dass auch Sie in Gefahr sind, aber ich glaube, es wird für Sie schwierig sein, herumzulaufen und Ihren

Scheck einzulösen, deshalb zerreiße ich ihn, ich habe eine besondere Kasse, aus der zahle ich Ihnen die beiden Monatsgehälter in bar. Bis morgen werden die Büros hier geräumt sein. Was uns beide angeht, vergessen wir unseren Pakt, Ihren Auftrag, das Buch, das Sie schreiben sollten. *Domani* beendet sein Dasein noch heute. Allerdings ändert das nichts daran, dass Sie und ich zuviel wissen.«

»Aber ich glaube, Braggadocio hat auch mit Lucidi gesprochen ...«

»Also dann hat er wirklich nichts begriffen. Der ist doch sein Unglück gewesen! Lucidi hatte gerochen, dass unser verstorbener Freund mit etwas Gefährlichem hantierte, und hat es jemandem berichtet. Wem? Das wissen wir nicht, aber offensichtlich jemandem, der daraufhin zu dem Schluss gekommen ist, dass Braggadocio zuviel wusste. Niemand wird Lucidi etwas zuleide tun, er steht auf der anderen Seite der Barrikade. Aber uns beiden vielleicht schon. Ich will Ihnen sagen, was ich mache. Sobald die Polizei gegangen ist, stecke ich den Rest aus der Kasse in meine Brieftasche, begebe mich schnurstracks zum Bahnhof und nehme den ersten Zug nach Lugano. Ohne Gepäck. Dort kenne ich jemanden, der die persönlichen Daten eines jeden zu ändern versteht, den Namen, den Pass, die Adresse, schauen wir mal, wo. Ich verschwinde, bevor die Mörder Braggadocios mich finden können. Ich hoffe, schneller zu sein als sie. Und Vimercate habe ich gebeten, meine Abfindung in Dollar bei der Credit Suisse zu hinterlegen. Was Sie angeht, so weiß ich nicht, was ich Ihnen raten soll, am besten, sie schließen sich erst mal zu Hause ein und treiben sich nicht auf den Straßen herum. Dann werden Sie schon einen Weg finden, irgendwohin zu verschwinden, ich würde ein Land im Osten wählen, wo es nie eine Stay-behind-Organisation gegeben hat.«

»Glauben Sie denn, das alles sei wegen der Stay-behind-Geschichte passiert? Die ist doch inzwischen allgemein bekannt. Oder wegen der Sache mit Mussolini? Das ist doch eine groteske Geschichte, die niemand glauben würde.«

»Und der Vatikan? Auch wenn die Geschichte am Ende nicht stimmt, wäre doch in den Zeitungen erst mal zu lesen, dass die Kirche 1945 womöglich dem Duce zur Flucht verholfen und ihm fast fünfzig Jahre lang Zuflucht geboten hatte. Nach all dem Ärger, den der Vatikan bereits mit Sindona, Calvi, Marcinkus und so weiter hatte, würde doch sofort die ganze internationale Presse den neuen Skandal aufgreifen, noch bevor sich die Sache mit Mussolini vielleicht als Ente herausstellt. Trauen Sie niemandem, Colonna, schließen Sie sich wenigstens für diese Nacht in Ihre Wohnung ein, dann überlegen Sie, wie Sie verschwinden können. Ein paar Monate könnten Sie beispielsweise in Rumänien verbringen, dort kostet das Leben nicht viel, und mit den zwölf Millionen, die Sie hier in diesem Umschlag haben, könnten Sie dort eine Weile als großer Herr leben, dann sehen Sie weiter. Leben Sie wohl, Colonna, es tut mir leid, dass die Dinge so gelaufen sind, das Ende ist wie in dem Witz unserer Kollegin Maia über den Cowboy in Abilene: Schade, wir haben verloren.«

Ich wollte sofort verschwinden, aber dieser verdammte Inspektor war noch immer dabei, uns alle wieder und wieder zu befragen, ohne die kleinste Kleinigkeit auszulassen, und so wurde es langsam Abend.

Ich kam an Lucidis Schreibtisch vorbei, als er gerade seinen Umschlag öffnete. »Nun, sind Sie gebührend für Ihre Mühe entlohnt worden?«, fragte ich ihn, und er verstand sicher, worauf ich anspielte.

Er sah mich von unten nach oben an und begnügte sich mit der Gegenfrage: »Was hat Braggadocio denn Ihnen erzählt?«

»Ich weiß, dass er eine Spur verfolgte, aber er hat mir nicht sagen wollen, welche.«

»Wirklich?«, knurrte er nur. »Der arme Teufel, wer weiß, was er kombiniert haben mag.« Dann drehte er sich weg.

Sobald der Inspektor mir zu gehen erlaubte, mit dem üblichen ›Halten Sie sich zur Verfügung‹, raunte ich Maia zu: »Geh nach Hause und warte auf meinen Anruf, aber ich glaube, das wird nicht vor morgen früh sein.«

Sie sah mich erschrocken an. »Was hast *du* denn damit zu tun?«

»Nichts, gar nichts habe ich damit zu tun, was fällt dir ein, ich bin nur aufgewühlt, das ist doch natürlich.«

»Und was geschieht jetzt? Ich habe einen Umschlag mit einem Scheck und einem Dankesschreiben für meine kostbare Mitarbeit bekommen.«

»Die Zeitung schließt, ich erklär's dir später.«

»Wieso erklärst du's mir nicht jetzt?«

»Morgen, ich schwöre es, sag ich dir alles. Bleib ruhig zu Hause. Ich bitte dich, hör auf mich.«

Sie hörte auf mich, mit fragenden Augen, die immer noch tränenfeucht waren. Und ich ging hinaus, ohne noch etwas zu sagen.

Ich verbrachte den Abend zu Hause, ohne zu essen, nur

mit einer Flasche Whisky, die ich zur Hälfte leerte, und überlegte, was ich tun könnte. Dann war ich erschöpft, nahm eine Schlaftablette und schlief sofort ein.

Und heute morgen ist dann kein Wasser mehr aus dem Hahn gekommen.

XVII

Samstag, 6. Juni, 12 Uhr mittags

So. Jetzt habe ich alles rekonstruiert. Ich versuche meine Ideen zu ordnen. Wer sind »sie«? Simei hat's gesagt, Braggadocio hatte, zu Recht oder zu Unrecht, eine Menge Fakten zusammengetragen. Was davon konnte jemanden beunruhigen? Die Geschichte mit Mussolini? Und wer hatte in diesem Fall Dreck am Stecken, der Vatikan, einige Komplizen des Borghese-Putschs, die immer noch hohe Posten im Staat innehaben (aber nach zwanzig Jahren müssten die eigentlich alle tot sein), die Geheimdienste (und welche)? Oder war es nur ein verbissener alter Kerl, der von Ängsten und Nostalgien lebt und alles allein kombiniert hat, womöglich mit Vergnügen daran, sogar Vimercate zu bedrohen, als hätte er mächtige Leute hinter sich, die Camorra oder so. Ein Verrückter also, aber wenn ein Verrückter dich sucht, um dich aus dem Weg zu räumen, ist er genauso gefährlich wie ein Vernünftiger, sogar noch mehr. Zum Beispiel ist jemand, ob »sie« oder der Verrückte, heute nacht in meine Wohnung eingedrungen. Und wenn das einmal geschehen ist, kann es auch wieder geschehen. Also darf ich hier nicht bleiben. Aber ist dieser Jemand sicher, dass ich wirklich etwas weiß? Hat Braggadocio etwas über mich zu Lucidi gesagt? Offenbar nicht oder nicht viel, nach meinem letzten Wortwechsel mit diesem Spitzel zu urteilen. Aber kann ich mich deswegen sicher fühlen? Bestimmt nicht. Von hier nach Rumänien zu fliehen ist nicht so einfach, vielleicht warte ich lieber ab, was passiert, womöglich steht morgen was in den Zeitungen. Sollten sie nichts über den Mord an Braggadocio bringen, wäre das schlimmer, als ich hoffe, denn es würde bedeuten, dass jemand das Ganze zu vertuschen sucht. In jedem Fall muss ich mich noch eine Weile verstecken. Aber wo, nachdem es doch schon gefährlich wäre, bloß kurz vors Haus zu treten?

Ich dachte an Maia und an das Häuschen am Lago d'Orta. Meine Geschichte mit ihr ist, glaube ich, unbemerkt geblieben, und so wird Maia wohl nicht überwacht werden. Sie nicht, aber mein Telefon, daher kann ich sie nicht von hier anrufen, und um irgendwo draußen zu telefonieren, muss ich das Haus verlassen.

Mir fiel ein, dass man von meinem Hof aus durch den Hintereingang in die Bar an der Ecke gelangt. Und zugleich fiel mir ein, dass es hinten im Hof eine Eisentür gibt, die seit Jahrzehnten verschlossen ist. Die Geschichte hatte mir der Hausbesitzer erzählt, als er mir die Schlüssel zur Wohnung aushändigte. Neben denen der Haustür und der Wohnungstür gab es da noch einen alten rostigen Schlüssel. »Den werden Sie nie brauchen«, hatte der Hausbesitzer lächelnd gesagt, »aber seit fünfzig Jahren hat jeder Mieter einen bekommen. Wissen Sie, während des Krieges hatten wir hier keinen Luftschutzkeller, aber es gab einen ziemlich guten im Haus drüben, das auf die Via

Quarto del Mille geht, die Parallelstraße zu unserer. Also wurde ein Durchgang hinten im Hof geöffnet, damit die Familien schnell in den Keller rüber konnten, wenn es Alarm gab. Seither ist die Tür immer verschlossen geblieben, von beiden Seiten, aber jeder unserer Mieter hatte einen Schlüssel, und wie Sie sehen, ist er nach fünfzig Jahren ziemlich verrostet. Ich glaube nicht, dass Sie ihn jemals brauchen werden, aber im Grunde ist diese Tür auch ein guter Fluchtweg, falls es mal brennt. Legen Sie ihn einfach in eine Schublade und vergessen Sie ihn.«

Jetzt war mir klar, was ich tun musste. Ich ging hinunter, betrat die Bar von hinten, der Barmann kennt mich, ich hatte das schon öfter gemacht. Ich sah mich um, morgens um diese Zeit war hier fast niemand, ein älteres Paar saß an einem Tisch, mit zwei Cappuccini und zwei Hörnchen, sie sahen nicht nach Geheimagenten aus. Ich bestellte einen doppelten Espresso, um richtig wach zu werden, und trat in die Telefonkabine.

Maia antwortete sofort sehr aufgeregt, und ich sagte, sie solle still sein und mir zuhören.

»Also pass auf und frag nichts. Hol dir eine Tasche, pack zusammen, was du für ein paar Tage am Lago d'Orta brauchst, dann nimm dein Auto. Hinter meinem Haus, in der Via Quarto del Mille, ich weiß nicht genau, an welcher Hausnummer, muss ein Toreingang sein, ungefähr auf der Höhe meines Hauses. Vielleicht ist er offen, denn er führt, glaube ich, in einen Hof, wo es einen Laden für ich weiß nicht was gibt. Vielleicht kannst du reingehen, oder du wartest draußen. Vergleich deine Uhrzeit mit meiner, du solltest in einer Viertelstunde dort sein können. Verabreden wir uns dort genau in einer Stunde.

Sollte der Toreingang zu sein, dann warte ich draußen auf dich, aber komm pünktlich, denn ich will nicht lange auf der Straße stehen. Bitte frag jetzt nichts. Nimm deine Tasche, steig ins Auto, kalkuliere die Zeit gut und komm. Danach werde ich dir alles erklären. Ich glaube nicht, dass du verfolgt wirst, aber schau sicherheitshalber ab und zu in den Rückspiegel, und wenn du den Eindruck hast, dass dir jemand folgt, lass deine Phantasie spielen, mach absurde Umwege, damit sich deine Spur verliert, an den Navigli wird das noch schwierig sein, aber danach hast du viele Möglichkeiten, plötzlich abzubiegen, notfalls indem du ein Rotlicht überfährst, so dass die anderen stehenbleiben müssen. Ich verlass mich auf dich, Liebste.«

Maia hätte sich auf bewaffnete Raubüberfälle verlegen können, denn sie hat alles perfekt gemacht. Pünktlich zur verabredeten Zeit kam sie in den Hof, angespannt, aber zufrieden.

Ich sprang in den Wagen, sagte ihr, wie sie fahren solle, um so schnell wie möglich zum Viale Certosa zu gelangen, von dort wusste sie allein, wie es zur Autobahn ging, und kannte besser als ich die Abzweigung zum Lago d'Orta.

Während der Fahrt redeten wir fast nichts. Als wir zum Haus kamen, sagte ich ihr, wenn sie Kenntnis von dem erhalte, was ich ihr zu erzählen habe, könne das für sie gefährlich werden. Vielleicht wolle sie lieber nichts davon wissen. Von wegen, das kam für sie gar nicht in Frage. »Jetzt hör mal«, sagte sie, »ich weiß noch nicht, vor wem oder was du Angst hast, aber entweder weiß niemand, dass wir beide zusammen sind, und dann besteht für mich keine Gefahr, oder sie kriegen es raus, und dann sind sie ohnehin überzeugt, dass ich inzwischen

Bescheid weiß. Also spuck's aus, wie soll ich sonst denken, was du denkst?«

Unerschrocken. Ich musste ihr alles erzählen, schließlich war sie inzwischen Fleisch von meinem Fleische, wie es im Buch der Bücher heißt.

XVIII

Donnerstag, 11. Juni

In den letzten Tagen hatte ich mich im Haus verbarrikadiert und traute mich nicht hinaus. »Also hör mal«, sagte Maia, »hier kennt dich niemand. Wer immer die sein mögen, die du fürchtest, sie wissen nicht, dass du hier ...«

»Egal«, sagte ich. »Man kann nie wissen.«

Maia fing an, mich wie einen Kranken zu pflegen, sie gab mir Beruhigungspillen, massierte mir den Nacken, während ich am Fenster saß und auf den See hinaus starrte.

Am Sonntag ging sie gleich morgens die Zeitungen kaufen. Der Mord an Braggadocio stand auf den Seiten Vermischtes, ohne besondere Hervorhebung: Mord an einem Journalisten, vielleicht hatte er über organisierte Prostitution recherchiert und war von einem Zuhälter umgebracht worden.

Wie es schien, hatten sie bei der Polizei diese These akzeptiert, nach dem, was ich dem Inspektor gesagt hatte, und vielleicht nach einer Andeutung von Simei. Gewiss dachten sie nicht mehr an uns Redakteure, und sie hatten noch nicht einmal mitbekommen, dass Simei verschwunden war. Im übrigen hätten sie die Redaktionsräume leer gefunden, wenn sie noch einmal zurückgekommen wären, und dieser Inspektor hatte sich nicht einmal unsere Adressen notiert. Schönes Maigret-Phlegma. Aber ich glaube nicht, dass er sich weiter mit uns beschäftigt. Die Piste der Prostitution war die bequemste, eine Routineangelegenheit. Natürlich hätte Costanza sagen können, dass er es war, der sich um diese Damen kümmerte, aber vermutlich war auch er zu der Ansicht gelangt, dass der Mord an Braggadocio etwas mit diesem Milieu zu tun haben könnte, und hatte selber Angst bekommen. Und so blieb er stumm wie ein Fisch.

Am nächsten Tag war Braggadocio auch aus den Seiten Vermischtes verschwunden. Fälle dieser Art hatte die Polizei sicher viele, und der Tote war bloß ein viertrangiger Journalist. *Round up the usual suspects* und basta.

Ich schaute düster auf den See, der dunkel zu werden begann. Die Insel San Giulio, die in der Sonne so strahlend ist, erhob sich aus dem Wasser wie die Toteninsel von Böcklin.

Da beschloss Maia, mich aufzurütteln und mit mir einen Spaziergang auf den Sacro Monte zu machen. Ich kannte ihn nicht, man geht da an einer Reihe von Kapellen entlang einen Hügel hinauf, und in den Kapellen öffnen sich mystische Dioramen mit bunten Statuen in Lebensgröße, lachende Engel und vor allem Szenen aus dem Leben des heiligen Franziskus. Aber ach, in einer Mutter, die eine leidende Kreatur umarmte, sah ich die Opfer eines lange zurückliegenden Bombenattentats, in einer feierlichen Versammlung mit Papst, Kardinälen und dunklen Kapuzinern erblickte ich eine Zusammenkunft der Vatikanischen Bank, die meine Gefangennahme plante, und auch die bunten Farben und die anderen frommen Figuren konnten mich nicht dazu bringen, ans Himmelreich zu denken: Alles erschien mir wie eine perfide maskierte Allegorie der höllischen Kräfte, die im Dunkeln wirken. Ich gelangte soweit, mir vorzustellen, wie diese Figuren sich nachts in Skelette verwandelten (was ist schließlich der rosafarbene Körper eines Engels anderes als eine lügnerische Hülle, unter der sich ein Skelett verbirgt, wenn auch ein himmlisches?), und wie sie herauskamen, um am Totentanz von San Bernardino alle Ossa teilzunehmen.

Wahrhaftig, ich hätte nicht gedacht, dass ich so ängstlich bin, und ich schämte mich, in diesem Zustand vor Maia zu erscheinen (jetzt wird auch sie mich verlassen, dachte ich), aber das Bild des erstochenen Braggadocio in der Via Bagnera ging mir nicht aus dem Sinn.

Bisweilen hoffte ich, ein plötzlicher Riss im Raumzeitgefüge (wie sagte Vonnegut? ein chronosynklastischer Trichter) würde erlauben, dass nachts in der Via Bagnera der vor hundert Jahren dort tätige Serienkiller Boggia erschiene, um diesen Eindringling zu vertreiben. Aber das erklärte nicht den Anruf bei Vimercate, und dies war auch das Argument, das ich Maia gegenüber anführte, als sie mir einzureden versuchte, es handle sich vielleicht um ein gewöhnliches Verbrechen, man habe doch auf Anhieb gesehen, dass Braggadocio ein Schmutzfink war, er ruhe in Frieden, und vielleicht habe er versucht, sich als Zuhalter zu betätigen, und da habe er die Rache der anderen Luden herausgefordert, eine Milieuaffäre, und *de minimis non curat praetor*. »Ja«, sagte ich, »aber ein Zuhälter ruft nicht bei einem Verleger an, um ihn seine Zeitung schließen zu lassen.«

»Wer sagt dir denn, dass Vimercate tatsächlich diesen Anruf erhalten hat? Vielleicht reute es ihn, das Unternehmen *Domani* auf die Beine gestellt zu haben, das ihn schon zuviel kostete, und als er vom Tod eines seiner Redakteure erfuhr, nahm er ihn sofort als Vorwand, um *Domani* zu liquidieren und lieber zwei Monate als ein ganzes Jahr lang Gehälter zu zahlen ... Oder aber: Du hast mir doch erzählt, dass er *Domani* haben wollte, damit ihm dann jemand sagt: Hören Sie auf damit, und ich lasse Sie in den feinen Salon. Nun, und jetzt nimm mal an, ein Typ wie Lucidi hat den Leuten im feinen Salon die Nachricht gesteckt, dass *Domani* im Begriff sei, eine für sie sehr unangenehme Entdeckung zu veröffentlichen, also haben sie bei Vimercate angerufen und gesagt, okay, schmeiß diesen Schmierfink raus, und wir lassen dich in unseren Club. Dann wird Braggadocio unabhängig davon erstochen, womöglich von dem üblichen Irren, und du bist das Problem mit dem Anruf bei Vimercate los.«

»Aber nicht das mit dem Irren. Denn schließlich, wer ist neulich nachts in meine Wohnung gekommen?«

»Das ist eine Geschichte, die du mir erzählt hast. Was macht dich so sicher, das jemand reingekommen ist?«

»Und wer hat dann das Wasser abgestellt?«

»Jetzt warte mal einen Moment. Hast du nicht eine Putzfrau, die manchmal kommt?«

»Nur einmal die Woche.«

»Und wann war sie zuletzt da?«

»Sie kommt immer Freitagmorgen. Apropos, das war der Tag, an dem wir von Braggadocio erfahren haben.«

»Na also! Könnte sie nicht das Wasser abgestellt haben, gerade weil sie das dauernde Tropfen der Dusche störte?«

»Aber ich hatte mir am Abend jenes Freitags noch ein Glas Wasser geholt, um die Tablette zu schlucken ...«

»Du wirst ein halbes Glas genommen haben, das war genug. Auch wenn das Wasser abgestellt wird, bleibt immer ein Rest in der Leitung, und du hast einfach nicht gemerkt, dass du dir diesen Rest ins Glas gefüllt hast. Hast du an dem Abend noch mehr Wasser getrunken?«

»Nein, ich hatte ja gar nichts gegessen, ich habe mir nur eine halbe Flasche Whisky gegönnt.«

»Siehst du? Ich sage nicht, dass du ein Paranoiker bist, aber bei dem Bild des ermordeten Braggadocio und dem, was Simei dir gesagt hatte, hast du sofort gedacht, jemand wäre nachts in deine Wohnung eingedrungen. Dabei war's die Putzfrau am Tag vorher gewesen.«

»Aber Braggadocio *ist* umgebracht worden!«

»Wir haben doch gesehen, das könnte auch eine ganz andere Geschichte sein. Also ist es durchaus möglich, dass niemand hinter dir her ist.«

Die letzten vier Tage verbrachten wir damit, immer neue Hypothesen aufzustellen und zu verwerfen, ich immer düsterer, Maia immer dienstbeflissener, unermüdlich hin und her eilend zwischen dem Haus und der Stadt, um mir frische Lebensmittel und die Single-Malt-Flaschen zu besorgen, von denen ich inzwischen schon drei getrunken hatte. Zweimal liebten wir uns, aber ich mit einem Ungestüm, als wollte ich mir Luft machen, ohne dass es mir gelang, dabei Vergnügen zu empfinden. Und doch empfand ich immer mehr Liebe zu dieser Kreatur, die sich aus einem beschützten Vögelchen in eine treue Wölfin verwandelt hatte, bereit zu beißen, wenn jemand mir wehtun wollte.

Bis dann dieser Abend kam, als wir das Fernsehen anmachten und zufällig auf eine Sendung von Corrado Augias stießen. Er präsentierte einen englischen Dokumentarfilm, der tags zuvor in der BBC gelaufen war: *Operation Gladio*.

Wir sahen fasziniert zu, ohne ein Wort zu sagen.

Es war, als wäre der Film von Braggadocio gemacht worden, er enthielt alles, was Braggadocio zusammenphantasiert hatte, und noch einiges mehr, aber die Worte wurden begleitet von Bildern und anderen Dokumenten und gesprochen von Personen, unter denen auch Berühmtheiten waren. Es begann mit den Übeltaten der belgischen Stay-behind-Organisation, dann wurde aufgedeckt, dass die Existenz von Gladio zwar den italienischen Ministerpräsidenten enthüllt wurde, aber nur denen, die das Vertrauen der CIA genossen, Moro und Fanfani zum Beispiel wurden nie darüber informiert. Auf dem Bildschirm erschienen Aussprüche großer Spione wie *Deception is a state of mind and the mind of the State* – »Täuschung ist ein Geisteszustand und der Geist des Staates«. Während der ganzen Sendung (zweieinhalb Stunden) erschien immer wieder der zu lebenslänglicher Haft verurteilte Vinciguerra, der alles enthüllte, sogar dass noch vor dem Ende des Krieges die alliierten Geheimdienste den Fürsten Borghese und die Männer seiner Decima Mas eine Verpflichtung hatten unterschreiben lassen, in Zukunft mit ihnen zusammenzuarbeiten, um sich einer sowjetischen Invasion entgegenzustellen, und die verschiedenen Zeitzeugen beteuerten alle treuherzig, dass man für eine Operation wie Gladio selbstverständlich nur Ex-Faschisten anheuern konnte – und nebenbei erfuhr man auch, dass die amerikanischen Dienste in Deutschland sogar einem Schlächter wie Klaus Barbie Straffreiheit garantierten.

Mehr als einmal sah man Licio Gelli, der offen zugab, dass er Mitarbeiter der alliierten Geheimdieste war (während er von Vinciguerra als guter Faschist bezeichnet wurde), und er sprach von seinen Unternehmungen, seinen Kontakten und seinen Nachrichtenquellen, ohne sich darum zu kümmern, dass man dabei sehr gut begriff, was für ein Doppelspiel er seit jeher getrieben hatte.

Der gerade zurückgetretene Staatspräsident Cossiga erzählte, wie er 1948 als junger katholischer Aktivist, ausgerüstet mit Sten-Gewehr und Handgranaten, bereit zum Eingreifen war, wenn die Kommunistische Partei das Wahlergebnis nicht anerkannt hätte. Vinciguerra wiederholte in aller Ruhe, dass die gesamte extreme Rechte sich einer »Strategie der Spannung« verschrieben hatte, um die breite Öffentlichkeit psychologisch auf die Erklärung eines nationalen Notstands vorzubereiten, aber er sagte auch deutlich, dass die neofaschistischen Organisationen Ordine Nuovo und Avanguardia Nazionale mit Vertretern der diversen Ministerien zusammenarbeiteten. Senatoren des parlamentarischen Untersuchungsausschusses erklärten unverblümt, dass Geheimdienste und Polizei nach jedem Attentat die Spuren verwischten, um die gerichtlichen Ermittlungen zu behindern. Vinciguerra stellte klar, dass hinter dem Bombenattentat an der Piazza Fontana nicht nur die Neofaschisten Freda und Ventura standen, die alle als die geistigen Anstifter betrachteten, sondern dass die ganze Operation weiter oben vom Büro für besondere Angelegenheiten des Innenministeriums geleitet wurde. Und dann verbreitete er sich über die Art und Weise, wie Ordine Nuovo und Avanguardia Nazionale in die Gruppen der Linken einge-sickert waren, um sie zu terroristischen Attentaten anzusta-cheln. Colonel Oswald L. Winter, ein CIA-Mann, versicherte, dass die Roten Brigaden nicht nur vom Militärischen Nach-richtendienst SISMI infiltriert worden waren, sondern sogar Befehle von dessen General Santovito entgegennahmen.

In einem halluzinatorischen Interview sah man Alberto Franceschini, einen der Gründer der Roten Brigaden, den sie als einen der ersten gefasst hatten, wie er sich bestürzt fragte, ob er womöglich ohne es zu wissen für andere Zwecke miss-braucht worden war. Und der omnipräsente Vinciguerra be-teuerte, dass Avanguardia Nazionale den Auftrag gehabt habe, maoistische Flugblätter zu verteilen, um die Angst vor pro-chinesischen Aktionen zu schüren.

Einer der Kommandanten von Gladio, General Inzerilli, zö-gerte nicht zu sagen, dass die Waffenlager bei den Kasernen der Carabinieri waren und dass die Gladio-Männer sich dar-aus holen konnten, was sie brauchten, wenn sie als Erken-nungszeichen (eine Geschichte wie aus einem alten Agenten-thriller) die Hälfte eines 1000-Lire-Scheins vorzeigten. Der Film endete natürlich mit der Entführung von Aldo Moro und der Tatsache, dass Geheimagenten zum Zeitpunkt der Ent-führung am Tatort gesehen worden waren. Einer von ihnen rechtfertigte sich mit der Behauptung, er sei dort von einem Freund zum Mittagessen eingeladen worden, wobei man sich fragte, wieso er dann morgens um neun dort herumgelaufen war.

Der ehemalige CIA-Chef Colby leugnete natürlich alles, aber andere CIA-Agenten sprachen offen von Dokumenten, in denen sogar aufs genaueste die Summen aufgeführt waren, welche die CIA den in die Attentate verwickelten Personen zahlten, zum Beispiel fünftausend Dollar für General Miceli.

Im Kommentar zu der Sendung wurde mehrmals betont, dass es für all dies wohl nur Indizienbeweise gebe, auf deren Grundlage niemand angeklagt werden könne, aber dass sie genügten, um die Öffentlichkeit zu beunruhigen.

Maia und ich waren fassungslos. Die Enthüllungen übertrafen noch die wildesten Phantasien von Braggadocio. »Klar«, sagte sie, »auch er hat dich doch daran erinnert, dass all diese Dinge schon seit langem bekannt waren, nur eben aus dem kollektiven Gedächtnis getilgt worden sind. Man brauchte bloß in die Archive zu gehen und die Zeitungsausschnittsammlungen durchzusehen, um die Teile des Mosaiks zusammenzusetzen. Auch ich habe damals Zeitung gelesen, nicht nur als Studentin, sondern natürlich auch in meiner Zeit bei dem Klatschblatt mit den prominenten Liebschaften, und auch ich habe von diesen Dingen gehört, aber dann habe ich sie vergessen, weil neue Enthüllungen nun mal leicht dazu führen, dass man die älteren vergisst. Es genügt, sie wieder ans Licht zu ziehen, das hat Braggdocio getan, und das hat die BBC getan. Vermische sie, dann hast du zwei perfekte Cocktails und weißt nicht mehr, welcher der echtere ist.«

»Ja, aber Braggadocio hat wahrscheinlich noch Eigenes hinzugefügt, wie die Geschichte mit Mussolini oder mit der Ermordung von Papst Luciani.«

»Ja gut, er war ein Mythomane und sah überall Verschwörungen, aber der Kern des Problems bleibt derselbe.«

»Großer Gott«, sagte ich, »ist dir klar, was das heißt: Vor ein paar Tagen hat jemand Braggadocio ermordet, aus Angst, dass all diese Dinge herauskommen könnten, und jetzt nach dieser Sendung sind es Millionen, die darüber Bescheid wissen!«

»Liebster«, antwortete Maia, »genau das ist dein Glück. Nehmen wir an, dass wirklich jemand, ob die phantomatischen *sie* oder ein einzelner Irrer, wirklich Angst davor hatte, dass die Leute sich an all diese Dinge wieder erinnern oder dass ein Detail herauskommt, das bisher auch von Leuten wie uns übersehen worden ist, aber jemanden in Schwierigkeiten bringen könnte ... Nun, und jetzt überleg mal: Nach dieser TV-Sendung haben weder *sie* noch der Irre ein Interesse daran, dich oder Simei aus dem Weg zu räumen. Wenn ihr beiden morgen hingehen würdet, um den Zeitungen zu hinterbringen, was Braggadocio euch erzählt hat, würden sie euch für zwei Wichtigtuer halten, die nachplappern, was sie in der Glotze gesehen haben.«

»Aber vielleicht fürchtet jemand, dass wir von dem reden, was die BBC verschwiegen hat, von Mussolini und Papst Luciani.«

»Na gut, stell dir vor, du erzählst ihnen die Geschichte von Mussolini. Sie war schon ziemlich unwahrscheinlich, wie Braggadocio sie uns präsentiert hatte, ohne Beweise und nur mit wilden Spekulationen. Die würden sagen, du bist ein Spinner, der von dieser BBC-Sendung angestachelt seinen privaten Phantasien freien Lauf gelassen hat. Ja, mehr noch, du würdest ihnen in die Hände spielen: Seht, würden sie sagen, von jetzt an erfindet jeder Intrigant eine neue Intrige. Und das Gewimmel neuer Enthüllungen würde den Verdacht wecken, dass auch die Enthüllungen der BBC nur Ergebnis einer journalistischen Spekulation sind – oder eines Deliriums wie die Verschwörungstheorien derer, die sagen, dass die Amerikaner gar nicht auf dem Mond gelandet sind und das Pentagon alles tut, um die Existenz der Ufos zu verschweigen. Diese BBC-Sendung macht jede weitere Enthüllung überflüssig oder lächerlich, denn wie du weißt – wie heißt es in diesem französischen Buch? – *la réalité depasse la fiction*, die Wirklichkeit übersteigt das Erfundene, und darum reicht keine Erfindung an sie heran.«

»Du meinst also, ich wäre frei?«

»Sicher, wer hat gesagt, dass die Wahrheit uns frei macht? Diese Wahrheit wird jede andere Enthüllung als Lüge erscheinen lassen. Im Grunde hat die BBC *ihnen* einen großen Dienst erwiesen. Von morgen an kannst du rumlaufen und sagen, dass der Papst kleine Kinder erwürgt und sie dann frisst oder dass es Mutter Teresa war, die die Bombe im Schnellzug *Italicus* plaziert hatte, und die Leute werden sagen: »Ach ja? Interessant« und werden weiter ihren Geschäften nachgehen. Ich wette, dass morgen in keiner Zeitung etwas über diese BBC-Sendung steht. Nichts kann uns mehr erschüttern in diesem Lande. Wir haben schließlich bereits die Invasionen der Barbaren erlebt, die Plünderung Roms, das Massaker von Senigallia, die sechshunderttausend Toten des Ersten Weltkriegs und die Hölle des Zweiten, und nun sollen ein paar Hundert Personen vierzig Jahre gebraucht haben, um alles in die Luft zu sprengen? ›Umgeleitete‹ Geheimdienste? Da kann man nur lachen, wenn man an die Intrigen der Borgias denkt. Wir waren immer ein Volk von Messerstechern und Giftmischern. Wir sind geimpft, immunisiert, was immer man uns an neuen Geschichten erzählt, wir werden stets sagen, wir hätten schon Schlimmeres erlebt, und vielleicht seien diese oder jene gar nicht wahr. Wenn die Vereinigten Staaten, die Geheimdienste von halb Europa, unsere Regierungen und die Zeitungen alle gelogen haben, warum dann nicht auch die BBC? Das einzige echte Problem für gute Bürger ist, ihre Steuern nicht zu bezahlen, die da oben machen doch sowieso, was sie wollen, die sind doch alle immer dieselbe Brut. Und Amen ... Siehst du, zwei Monate bei Simei haben mir genügt, um genauso zynisch zu werden.«

»Und was machen wir jetzt?«

»Erstmal beruhige dich, dann gehe ich morgen in aller Ruhe den Scheck von Vimercate einlösen, und du gehst abheben, was du auf der Bank hast, wenn du da was hast ...«

»Seit April habe ich gespart, also habe ich jetzt fast den Gegenwert von zwei Gehältern, rund zehn Millionen Lire, plus die zwölf Millionen, die mir Simei vor ein paar Tagen gegeben hat. Ich bin reich.«

»Na prima, auch ich habe etwas beiseitegelegt, also heben wir alles ab und verziehen uns.«

»Verziehen? Du willst doch wohl nicht sagen, wir könnten uns jetzt ohne Angst überall frei bewegen?«

»Na gut, aber hättest du Lust, noch länger in diesem Lande zu leben, wo die Dinge immer so weitergehen, wie sie gegangen sind, wo du, wenn du in einer Pizzeria sitzt, fürchten musst, dass dein Nachbar ein Geheimagent ist oder im Begriff steht, einen neuen Falcone in die Luft zu sprengen, womöglich wenn du gerade an der Stelle vorbeikommst?«

»Aber wohin sollen wir gehen, du hast doch gesehen und gehört, dass dieselben Sachen überall in Europa geschehen, von der Schweiz bis nach Portugal. Willst du in die Türkei, zu den Grauen Wölfen, oder nach Amerika, wo sie ihre Präsidenten ermorden und die Mafia vielleicht schon in die CIA eingedrungen ist? Die Welt ist ein einziger Albtraum, Liebste. Ich würde gern aussteigen, aber sie haben gesagt, es geht nicht, wir sitzen in einem Schnellzug, der keinen Zwischenhalt macht.«

»Liebster, suchen wir uns ein Land, in dem es keine Geheimnisse gibt und wo sich alles im hellsten Sonnenlicht abspielt. Zwischen Mittel- und Südamerika gibt es davon eine Menge. Nichts ist dort verborgen, man weiß, wer zum Drogenkartell gehört, wer die Guerillatruppen anführt. Du setzt dich ins Restaurant, eine Gruppe von Freunden kommt vorbei und stellt dir jemanden als den Boss der Waffenschmugglerbande vor, alles prima, er ist gut rasiert und gut angezogen, neben ihm dieser Typ mit gut gebügeltem weißem Hemd, das über die Hose hängt, die Kellner umschwänzeln ihn mit Señor hier und Señor da, und der Kommandant der Guardia Civil entbietet ihm seinen Gruß. Das sind Länder ohne Geheimnisse, alles vollzieht sich in hellstem Tageslicht, die Polizei behauptet, per Dienstvorschrift korrupt zu sein, Regierung und Unterwelt fallen per Verfassungsvorschrift zusammen, die Banken leben von Geldwäsche und wehe, du bringst ihnen nicht weitere Gelder zweifelhafter Herkunft, dann entziehen sie dir die Aufenthaltserlaubnis. Sie töten einander gegenseitig, aber nur die Einheimischen, die Touristen lassen sie in Ruhe. Wir könnten Arbeit bei einer Zeitung finden oder in einem Verlag, ich habe Freunde dort drüben, die in Magazinen für prominente Liebschaften arbeiten – eine schöne und ehrbare Arbeit, wenn ich's mir jetzt überlege, man erzählt Unsinn, aber alle wissen, dass es Unsinn ist, und amüsieren sich darüber, und die, deren kleine Affären du aufdeckst, haben das selber schon am Vorabend im Fernsehen getan. Das nötige Spanisch lernst du in ein paar Wochen, und voilà, so haben wir unsere Insel im Meer des Südens gefunden, mein Tusitala.«

Allein schaffe ich nie etwas Neues, aber wenn mir jemand den Ball direkt vor die Füße schießt, gelingt mir manchmal ein Tor. Dass es diesmal geklappt hat, lag daran, dass Maia noch immer naiv ist, während ich dank meines Alters inzwischen weise geworden bin. Und wenn man weiß, dass man ein Verlierer ist, ist der einzige Trost zu denken, dass alle ringsum Besiegte sind, auch die Sieger.

So habe ich's Maia zurückgegeben:

»Liebste, du machst dir nicht klar, dass auch Italien langsam so wie die anderen Traumländer wird, in die du auswandern willst. Wenn es uns gelungen ist, erst zu akzeptieren und dann zu vergessen, was uns die BBC alles erzählt hat, dann heißt das, dass wir uns langsam daran gewöhnen, den Sinn für die Scham zu verlieren. Hast du nicht gesehen, wie alle Interviewten in dieser BBC-Sendung völlig entspannt erzählten, dass sie dies oder das getan haben, und dafür quasi eine Medaille erwarteten? Kein barockes Helldunkel mehr, das gehört zur Gegenreformation, heute werden die Deals in hellem Tageslicht vollzogen, als würden sie von Impressionisten gemalt: Korruption ist autorisiert, die Mafia offiziell im Parlament, der Steuerhinterzieher an der Regierung, und im Gefängnis sitzen nur die albanischen Hühnerdiebe. Die guten Bürger stimmen weiter für die Gauner, weil sie nicht an die BBC glauben oder sich keine Sendungen wie die gestrige ansehen, sondern eher Trashiges vorziehen, vielleicht landen Vimercates Verkaufsshows bald in der Vorabendzeit. Und wenn jemand von Bedeutung umgebracht worden ist, Staatsbegräbnis. Wir halten uns raus aus dem Spiel: Ich fange wieder an, aus dem Deutschen zu übersetzen, und du gehst zurück zu deiner Revue für Damenfriseure und Zahnarztwartezimmer. Für den Rest, einen schönen Film am Abend, die Weekends hier am Lago d'Orta, und zum Teufel mit all dem anderen. Es genügt zu warten: Wenn es erst einmal richtig Dritte Welt geworden ist, wird unser Land rundum lebenswert sein, als wäre alles *Copacabana, Copacabana, la donna è regina, la donna è sovrana* ...«

Ich habe so reden können, weil Maia mir den Frieden und das Selbstvertrauen zurückgegeben hat, oder jedenfalls das ruhige Misstrauen in die Welt, die mich umgibt. Das Leben ist erträglich, man muss nur bereit sein, sich damit zu begnügen. Morgen ist, wie Scarlett O'Hara sagte – ich weiß, schon wieder ein Zitat, aber ich habe darauf verzichtet, in der ersten Person zu sprechen, und lasse die anderen reden –, morgen ist ein anderer Tag.

Die Insel San Giulio wird erneut in der Sonne strahlen.

INHALT

UMBERTO ECO, 1932 in Alessandria geboren, lebt in Mailand. Sein Werk erscheint im Hanser Verlag, zuletzt u. a. *Die Geschichte der Hässlichkeit* (2007), *Die Kunst des Bücherliebens* (2009), *Der Friedhof in Prag* (Roman, 2011), *Bekenntnisse eines jungen Schriftstellers* (2011), *Die Geschichte der legendären Länder und Städte* (2013), *Die Fabrikation des Feindes und andere Gelegenheitsschriften* (2014).

BURKHART KROEBER, 1940 geboren, übersetzte u. a. Bücher von Umberto Eco, Italo Calvino, Fruttero & Lucentini und *Die Brautleute* von Alessandro Manzoni.

UMBERTO ECO
IM CARL HANSER VERLAG

Der Name der Rose
Roman
Aus dem Italienischen von Burkhart Kroeber
1982. 656 Seiten

Nachschrift zum Namen der Rose
Aus dem Italienischen von Burkhart Kroeber
1984. 96 Seiten

Das Foucaultsche Pendel
Roman
Aus dem Italienischen von Burkhart Kroeber
1989. 768 Seiten

Platon im Striptease-Lokal
Parodien und Travestien
Aus dem Italienischen von Burkhart Kroeber
1990. 176 Seiten

Kunst und Schönheit im Mittelalter
Aus dem Italienischen von Günter Memmert
1991. 248 Seiten

Die Grenzen der Interpretation
Aus dem Italienischen von Günter Memmert
1992. 480 Seiten

Sämtliche Glossen und Parodien
Aus dem Italienischen von Burkhart Kroeber
und Günter Memmert
2002. 592 Seiten

Die Bücher und das Paradies
Über Literatur
Aus dem Italienischen von Burkhart Kroeber
2003. 352 Seiten

Die geheimnisvolle Flamme der Königin Loana
Illustrierter Roman
Aus dem Italienischen von Burkhart Kroeber
2004. 512 Seiten

Die Geschichte der Schönheit
Aus dem Italienischen von Friederike Hausmann
und Martin Pfeiffer
2004. 440 Seiten mit Abbildungen

Quasi dasselbe mit anderen Worten
Über das Übersetzen
Aus dem Italienischen von Burkhart Kroeber
2006. 464 Seiten

Schüsse mit Empfangsbestätigung
Neue Streichholzbriefe
Aus dem Italienischen von Burkhart Kroeber
2006. 176 Seiten

Im Krebsgang voran
Heiße Kriege und medialer Populismus
Aus dem Italienischen von Burkhart Kroeber
2007. 320 Seiten

Die Geschichte der Hässlichkeit
Aus dem Italienischen von Friederike Hausmann,
Petra Kaiser und Sigrid Vagt
2007. 456 Seiten mit Abbildungen

Die Kunst des Bücherliebens
Aus dem Italienischen von Burkhart Kroeber
2009. 200 Seiten

Die unendliche Liste
Aus dem Italienischen von Barbara Kleiner
2009. 408 Seiten mit Abbildungen

Die große Zukunft des Buches
Zusammmen mit Jean-Claude Carrière
Aus dem Französischen von Barbara Kleiner
2010. 208 Seiten

Der Friedhof in Prag
Roman
Aus dem Italienischen von Burkhart Kroeber
2011. 528 Seiten

Bekenntnisse eines jungen Schriftstellers
Aus dem Italienischen von Burkhart Kroeber
2011. 208 Seiten

Die Geschichte der legendären Länder und Städte
Aus dem Italienischen von Martin Pfeiffer
und Barbara Schaden
2013. 480 Seiten

Die Fabrikation des Feindes
und andere Gelegenheitsschriften
Aus dem Italienischen von Burkhart Kroeber
2014. 272 Seiten